Stefan Langenbach

WENN KINDERSEELEN REISEN

Eine Geschichte...

Gewidmet unserem Sohn

**Ich danke allen Menschen, die uns Erwachsenen dabei
geholfen haben, erwachsen zu werden...**

Impressum:

Mai 2001
Alle Rechte liegen beim Autor
2001 Villingen, Stefan Langenbach
Herstellung : Books on Demand GmbH
ISBN 3-8311-2050-1

Umschlaggestaltung : Jörg Guyer

Der Weg zum Eingang des Hauses wirkt durch den Regen wie eine Sumpflandschaft. Seit Tagen erstreckt sich dieses Kindergeschrei aus dem Haus, doch keiner reagiert. Alles wirkt so einsam, keine Wärme. Der Regen verleiht dem Weinen eine Trauer. Fast wie ein Hilferuf.

Eine zittrige alte Frau bahnt sich einen Pfad zum Eingang des Hauses, begleitet von einer jungen Dame. Ihre Eleganz geht im Regen, in Begleitung dieses Weinens verloren. Schweigend öffnet sie die Eingangstür.

Im Raum erwartet beide eine Dunkelheit. Hungergefühle liegen in der Luft. Eine Dunkelheit, als wäre die Zuneigung entflohen.

Ihre zittrige Hand tastet sich an der Wand entlang. Suchend nach dem Lichtschalter, als wolle sie so dem Raum etwas Wärme verleihen.

Mitten im Raum dieses Kinderbett. Das Weinen wird lauter. Fast bedrohlich erstreckt es sich um das Kinderbett. Eine Landschaft aus Müll, Kleidung, verteilt auf einem feuchten, fleckigem Teppich. Modrige Gerüche erreichen die Sinne der zwei Frauen. Aufgebracht tritt die alte Dame näher an das Weinen heran. Ihre Blicke erreichen die Bettdecke .Diese hilfesuchenden Augen, rot durchrieben von den Tränen. Unter der Haut schimmern Konturen der Knochen.

Geschwächt vom Anblick des Kindes hält sich die alte Dame am Gitter des Bettes fest.

Nach Worten suchend ,wendet sich Ihr Gesicht zur eleganten Dame:" Ich höre dieses Kind schon seit Tagen schreien, doch keiner hat reagiert." Ihre Stimme bebt vor Fassungslosigkeit .Sie hat reagiert.

Gedanken finden sich ein: Warum hat sich niemand um dieses Kind gekümmert, und wo ist die Mutter ?

Tagelang alleingelassen. Tagelang hat keiner reagiert.

Schweißgebadet erwache ich sitzend in meinem Bett.

Was ist passiert? Um mich herum ist es dunkel. Kälte erfüllt den Raum. Ich versuche die Nachttischlampe zu ergreifen, doch in meiner Taumeligkeit stoße ich sie zu Boden. Aufgerichtet, taste ich mich zum Lichtschalter, als wolle auch ich somit Wärme im Raum verteilen. Es wird so hell, dass ich die Augen zusammenkneife. Momente der Besinnung vergehen. Erleichterung erreicht meine Seele. Alles nur ein Traum.

Alles nur ein Traum ?„ Nein", denke ich, „diese Geschichte kenne ich irgendwo her !"

Als ich zu meinem Schreibtisch blicke, erkenne ich das Schreiben von meinem Anwalt. Das Blatt wirkt so kalt und traurig wie mein Traum. Langsam erinnere ich mich wieder:

Ich habe einen Antrag auf Umgang zu unserem Sohn gestellt. Dabei haben wir uns mal so gut verstanden. Unser Sohn war für uns wie ein Geschenk.

Bilder der Trennung kommen in mir auf, Trennung von einem Teil von mir. Unser Sohn.

Für einen kurzen Moment glaube ich die Stimme meines Sohnes zu hören.

„Papa" hat er immer gesagt, „Wann kommst Du eigentlich wieder?"

Mittlerweile am Schreibtisch angelangt, drehe ich das Schreiben um.

Diesen Schmerz kann ich nicht ertragen.

Bereits seit Wochen habe ich unseren Sohn nicht mehr gesehen. Schließlich habe ich mich an einen Anwalt gewandt, um nach einen Weg zu unserem Sohn zu suchen, der mir verweigert wird.

Warum eigentlich ? Mama und Papa verstehen sich nicht mehr, streiten täglich, werden von Alltagsproblemen überschüttet, trennen sich, und schließlich beginnt der Kampf und Krieg ums Kind ?

Liebe Leser ,kennen Sie diese Situation ?
Seien Sie mal ehrlich, was können unsere Kinder dafür?
Meine Fragen enden immer in der Unverständnis, dass ich mich mit unserem Sohn doch immer gut verstanden habe.
Warum also Trennung von unserem Sohn?
In Gedanken schweifend setze ich mich in meinen Sessel, verspüre noch immer diese Kälte.
Vor ein paar Wochen habe ich mich an das Jugendamt gewandt, und habe um ein Vermittlungsgespräch mit der Mutter gebeten.
Als alle Versuche gescheitert sind, habe ich mir einen Termin bei meinem Anwalt geben lassen. Seine Worte klingen in meinen Ohren" Ehrlich gesagt, gebe ich Ihnen kaum Chance, denn die Mutter hat das alleinige Sorgerecht."
Ich habe ihn aufgefordert, es wenigstens zu versuchen.
In Gedanken versunken, kehrt die Müdigkeit wieder in mich ein, wie in diesem Traum die Trauer. Ich erlösche das Licht.
Doch kein Traum. Nur kurze Zeit später erwache ich wieder aus meinem Traum. Meine Blicke schweifen die Zimmerdecke entlang. Doch kein Traum.
Dabei habe ich immer wieder versucht, die Mutter unseres Sohnes zu einer friedlichen Lösung zu bewegen..
Schließlich sind Kinderseelen leicht verletzlich.
Warum benehmen wir Erwachsenen uns eigentlich immer so kompliziert ?
Kinder leben uns doch die Einfachheit vor, für Kinder alles simple. Doch wir Erwachsenen bekriegen uns, zerstören Kinderseelen, Idealbilder von einer ganzen Familie, Mama und Papa ...

Wir machen uns gegenseitig Vorwürfe, geben dem Anderen die Schuld, diese Ehe , diese Beziehung hat einfach nicht funktioniert. Geht das eigentlich, das "Funktionieren" in einer Gemeinschaft? Warum benutzen wir nicht unsere eigenen Kinder als Vermittler in Form der Verantwortung ihnen gegenüber? Kinder erleben doch ihre Welt auch im Spiel!
Gedanken um Gedanken, ich verspüre Schwindelgefühle auf dem Sessel, möchte meinen Gedanken entfliehen, doch die Liebe zu meinem Sohn lassen sie blühen.
Wie eine Blume...

Wieder diese Stimme meines Sohnes.
"Papa" hat er gestern zu mir am Telefon gesagt, "Wann kommst Du eigentlich wieder?"
Dann dieser Schmerz, der mir zu verstehen gibt, dass ich diese Frage nicht beantworten kann. Diese Ungewissheit ,"ich kann es Dir nicht sagen," dachte ich.
Im Herzen immer dieser Satz „ich komme bald", aber.....
....."aber Mama möchte keinen Kontakt." Darf man das sagen? Ist diese Verantwortung dem Kind gegenüber nicht zu hoch?
Ich habe es nicht getan. Ich habe mit der Ungewissheit geantwortet. "Papa kommt bald wieder!" Ob es gelogen war? Kommt der Papa wirklich wieder ?
An dieser Stelle denke ich, beginnt ein Kampf ,den man mit viel Geduld und Gefühl führen muss ...
Der Staat gibt uns einen Satz mit auf den Weg :"Zum Wohle des Kindes !"
Aus dem Sessel aufrichtend gehe ich am Schreibtisch vorbei, dieses Schreiben vom Anwalt wirkt verschwommen vom Schwindel, doch ich sollte zur Arbeit gehen....

„Jetzt!", denke ich, den Türgriff zum Restaurant in der Hand,
„Jetzt musst Du lachen". Meine Arbeit im Restaurant als
Abteilungsleiter verlangt Freundlichkeit, Lachen , Disziplin.
Verfolgt von meiner inneren Trauer grüße ich kurzgebunden
einige Gäste und haste in den Umkleideraum. Hoffentlich merkt
man nicht, wie schlecht es mir geht....
Umgezogen, ein letzter Blick in den Spiegel, rücke ich die
Krawatte zurecht. Traurige Blicke treffen mich.
„Los jetzt!", dirigiere ich meinem Spiegelbild,
gedankenschweifend bei meinem nächsten Termin:
Gerichtsverhandlung mit dem Antrag auf Umgang. Komische
Gefühle walten in mir: Ich führe einen Gerichtsprozess mit der
Frau ,mit der ich jahrelang zusammengelebt habe ,lieben gelernt
habe, und Jetzt? Ist es Hass? Wut?
Sogar Enttäuschung? Und warum muss ich nun den Umgang zu
unserem gemeinsamen Sohn beantragen?
Was macht „Mama" eigentlich besser wie „Papa"?
Doch meine Gedanken sind so durcheinander, dass ich auf diese
Frage keine Antwort finde.
Mit diesem Gedankenstrom im Kopf gehe ich durch das Büro
hindurch zur Küche. Als ich auf einige Mitarbeiter treffe,

versuche ich ein fröhlichen Eindruck zu erwecken; ich halte mir eine Maske vor das Gesicht." Fassade bitte bröckel nicht!"

Mein Chef erkundigt sich nach meinem Empfinden ,doch ich lüge „Fassade ,bitte bröckel nicht..."

Im Restaurant herrscht eine harmonische Stimmung, viele bekannte Gesichter erreichen meine Maske „Fassade ,bitte bröckel nicht ..."

Eine Trauer schwebt in mir, legt sich regelrecht über die Gastlichkeit. Im Hinterkopf werde ich von diesem Satz erdrückt:„Ich gebe Ihnen kaum Chance!"

Für mich beginnt eine seelische Akrobatik , fast wie ein Clown.... Aber es gelingt mir, die Fassade bröckelt nicht.

Zwischenzeitig gelingt es mir sogar, meine Sorge mit Arbeit zu füllen.

Als ich abends das Haus verlasse, wünscht man mir für meine Verhandlung alles Gute. Morgen ist es soweit, denke ich auf dem Weg nach Hause, während ich meine Maske ablege.....

In der Dunkelheit wird mich schon keiner erkennen.

Zuhause angekommen, sinke ich erschöpft in meinen Sessel ;wenig später erreicht mich die Müdigkeit.

Dann diese Bilder in meinem Kopf: Als kleiner Junge wurde ich von meiner Mutter verstoßen, tagelang alleingelassen, keiner hat reagiert. Ich erinnere mich ,wie eine Ersatzmama kam, das Kinderheim. Ich sehe diese Räume, mein Zimmer, vom nächsten durch eine undurchsichtige Glaswand getrennt .Undurchsichtig; vielleicht, um die Einsamkeit zu verstecken. Damals habe ich zwei Jahre im Heim verbracht, wieder alleingelassen, keiner hat reagiert. Bilder ziehen an mir vorbei, wie ich von älteren Menschen abgeholt wurde. Was ich damals wohl gedacht habe.....? .Später erzählte man mir ,wenige Wochen danach habe man mich wieder im Kinderheim abgegeben, in diesen Raum mit den undurchsichtigen Glaswänden. Vielleicht um die Einsamkeit zu verstecken.

Meine Ersatzmama war überfordert mit mir.

Hochgeschreckt vom Klingeln des Telefons, schaue ich hastig auf die Uhr." Wer ruft mich um diese Zeit noch an?", denke ich. Eine sanfte Stimme erreicht meine Sinne, eine Bekannte. Sie wünscht mir für morgen viel Erfolg. Morgen-ein wichtiger Termin für mich. Gedanken erdrücken mein Gemüt: "Darf ich bald meinen Sohn wieder sehen? Wird er mich fragen, wo ich solange war?" Wieder verspüre ich diese Ungewissheit, doch keiner kann mir Antwort geben. Nachdem wir das Gespräch beendet haben, umhüllt mich die Müdigkeit. Nachts erwache ich mehrmals schweißgebadet, diese Magenschmerzen spürend, ohne richtig zu registrieren, dass ich in Kleidung auf dem Sessel schlafe. Immer wieder schaue ich verstört auf meine Uhr, doch die Nacht will nicht vergehen, als hätte sie wie ich diese Angst vor dem morgigen Tag. Im Laufe der Nacht erreicht mich diese Kälte, wie ein Schleier legt sie sich über mich.

Selbst die ersten Sonnenstrahlen können diesen Schleier nicht durchdringen.....

Heute ist mein Termin. Termin der Gerechtigkeit ? Total durchgefroren und nervös angespannt, gehe ich unter die Dusche, um den Schleier von Kälte von mir zu waschen.

Das Frühstücken fällt mir schwer; schließlich verlasse ich mit Magenschmerzen das Haus.

Der Regen, diese Trübe in der Luft, sie könnten meine Seele sein. Ich laufe um die Pfützen herum, wie ein Tanz. Doch mir ist nicht zum Tanzen. Das Hupen eines Autos reißt mich aus meinen Gedanken; der Fahrer führt sich auf, weil ich gedankenlos die Strasse überquere. Wie ein Tanz...

In der Ironie des Tanzes erreiche ich nach einer halben Ewigkeit das Haus, indem mein Freund wohnt. Zusammen mit ihm fahre ich zum Gericht, während der Himmel weint, als spüre er diese innere Trauer, diese Ungewissheit, ob ich mein Ziel erreiche. Während der Fahrt kommen mir Bilder; mein Sohn , wie er

schreiend seine Hände bei unserem letzten Treffen streckt ‚als
spüre er, dass der nächste Kampf um Sehnsucht geht....
Das Motorgeräusch des Wagens erstickt im Regen, der mit einer
Wut auf die Frontscheibe peitscht, als mein Freund den Wagen
auf einem Parkplatz abstellt.
Beim Aussteigen trete ich in eine Pfütze, als hätte ich den Tanz
bereits verloren.
Von der Nässe verfolgt, erreichen wir nach einem kurzen
Fußmarsch das Gerichtsgebäude. Mächtig hebt es sich in den
Himmel empor, als wolle es dem Weinen des Himmels den
Kampf ansagen; die Fassade gleicht den Farben des Himmels.
Grau und trist, aber die Fassade bröckelt nicht.
Wie meine Maske... .

Als ich der Eingangstür gegenüber stehe, bekomme ich
Angstgefühle. Die Angst, dieser Macht nicht standhalten zu
können.
In Gedanken meinen Sohn an der einen Hand, ergreife ich mit der
Anderen den Türgriff. Ein Machtspiel beginnt, denn sie lässt sich
so schwer öffnen, als wolle sie mir signalisieren, ich solle
umkehren. Umkehren?
Nein, hinter dieser Tür versteckt sich vielleicht die Gerechtigkeit.
„Wie im Kinderheim die Einsamkeit hinter diesen
undurchsichtigen Glaswänden" denke ich. Mein Körpergewicht
stemmend gewinne ich diesen Machtkampf. Die Tür öffnet sich
geräuschlos.
Als ich den Flur des Gerichts betrete, höre ich diese Stimme.
" Ich gebe Ihnen kaum Chance!". Langsam gehe ich den Gang
entlang. Alles wirkt so angespannt, und ohne auf meinen Freund
zu achten, gehe ich die Treppe empor, zu dem Saal, wo man mir
kaum Chance gibt. Immer wieder schaue ich mich um. Sehe ich
diese Frau, mit der ich viele Jahre zusammengelebt habe ? Wo ist
der Mann, der mir kaum Chance gibt ? Ist mein Sohn auch im
Saal ?

8

Irgendwie spüre ich, wie der Boden nachgibt, wie diese Sumpflandschaft in meinem Traum. Doch es sind meine weichen Beine.

Plötzlich höre ich hinter mir Schritte, eine Stimme," Ich muss mit Ihnen reden! "

Ist es die Gerechtigkeit ?

Meine Blicke nach hinten gerichtet, schaut mich mein Anwalt an. Er wirkt sehr angespannt, in seinen Augen tanzt diese Hilflosigkeit, als wolle auch er um diese Regenpfützen herumtanzen. „Ist es ihm gelungen?", denke ich. Doch dann offenbart er mir eine Anklageschrift von der Gegenseite, die folgende Minuten zu einem Albtraum werden lassen. Ich suche nach Worten, ringe nach Luft, doch keiner reagiert. Fassungslos starre ich auf diese Anklage. Man macht mir den Vorwurf, das ich unseren Sohn gegen die Mutter aufhetze, ihn verwöhne." Papa hat gesagt, die Polizei kommt und soll Dich erschießen." Mit diesen Worten hätte ich unseren Sohn manipuliert!

Ist das wieder eines meiner Träume ? Ich hätte das Kind verwöhnt, hätte mich nie um unseren Sohn gekümmert . Dabei waren wir immer auf den Spielplätzen in der Stadt, haben mit Kindergruppen im Wald Blätter gesammelt. Wir haben Entdeckungsreisen durch den Wald gemacht, mit Fragen überschüttet hat unser Sohn mich angeschaut. Aus Holz und Sand haben wir Burgen gebaut. Burgen, die ich in diesem Moment gebraucht hätte, um mich vor dieser Ungerechtigkeit zu schützen. Ein Kind würde vielleicht die Idee haben „Komm Papa, wir verstecken uns in dieser Burg!"

„Würden die Herren dann bitte den Saal betreten!". Eine tiefe , bedrohlich klingende Stimme erreicht meine geschockten Sinne. Wie benommen richte ich mich auf, betäubt von soviel Ungerechtigkeit folge ich der Stimme.

Zwei Stühle weiter sitzt sie dann. Die Frau, die mir all diese Vorwürfe macht! Die Blicke meines Anwaltes sind leer.

Schweigend spielt er mit seinem Kugelschreiber, als benutze er ihn wie einen Zauberstab. „Ein bisschen Glück zaubern", denke ich.

Doch diese Situation ist kein falscher Film. Schon kurze Zeit nach der Eröffnung von der Verhandlung legt sich wieder diese Kälte über mich. Meine Versuche, die Vorwürfe zurückzuweisen ersticke in der Größe des Saales. Aggressiv wirkend, wirft mir die Gegenseite vor, dass ich gut vorbereitet wäre, um die Verhandlung zu manipulieren.

Vor uns sitzt ein unscheinbarer Mensch, der nun über Gerechtigkeit entscheiden soll.

Wie fühlt sich eigentlich so ein Richter, wenn er über das Leben, über die Sehnsüchte eines kleinen Kindes entscheiden soll? Schweigsam nimmt er gesprochenes zu Protokoll, ohne über Gut und Böse zu entscheiden.

Mein Anwalt erhebt die Stimme, bittet die Beteiligten , man solle doch bitte ans Kind denken. Mehr hat er nicht zu sagen ?

Angespannt schaue ich zur Tür des Saales. „Oh Gerechtigkeit trete herein", bete ich , doch gesprochene Worte verlieren immer mehr an Respekt und irgendwie höre ich in mir wieder eine Stimme.

" Stop!", höre ich sie sagen, mit einer Macht, die mich in einen Sog treibt, dass ich mich wie durch eine fremde Kraft erhebe:" Stop! Abbrechen! Sofort aufhören!"

Dann diese Blicke . Ein unheimliches Schweigen legt sich in den Saal. Was möge man jetzt von mir denken...?

Die Hand auf den Türgriff gelegt, verlasse ich den Saal, gefolgt von den Blicken und meinem Anwalt. Auf dem Gang gehe ich schweigend an meinem Freund vorbei, mein Anwalt redet noch davon, das wir nun Minimalziel erreicht haben, doch seine Worte gehen in meinen betäubten Gedanken unter.

Die Treppen des Ganges heruntergehend, spüre ich diesen Abstieg.

Ein Gefühl ,als hätte ich gerade einen Teil von mir verloren.

Der Regen peitscht mir ins Gesicht, als ich mich in den Vorhof des Gerichtsgebäudes stelle, als wolle er mich mit seiner Härte für meine Handlung bestrafen." Habe ich gerade meinen Sohn im Stich gelassen? Warum hat keiner reagiert ?

Mein Freund legt seine Hand auf meine Schulter. Der Regen läuft ihm über sein Gesicht. Weint er ?

Wie meine Seele...

Ich bitte ihn ,dass wir ins nächste Cafe gehen, denn ich verspüre Durst. Durst nach Verständnis. Was ist da eigentlich gerade passiert?

Im Cafe sitzend, steigen mir Tränen ins Gesicht. Ich wollte unserem Sohn doch nur ein Vater sein.

Mein Freund sucht nach ausweichenden Blicken. Irgendwie tut er mir leid. Muss mit ansehen, wie meine Welt zusammenbricht. Seine Hände wandern nervös über den Tisch. Was denkt er wohl von mir?

Trauernde Momente vergehen , bis ich langsam wieder Luft bekomme. Hält er mich für verrückt, weil ich das Verfahren eingestellt habe ?

Mit stotternder Stimme versuche ich zu schildern, was da gerade passiert ist, und immer wieder tanze ich mit meiner Wortwahl um diese Trauer herum, die mich wie dieser Schleier umhüllt hat. Tanzen, wie um diese Regenpfützen.

„Könntest Du Dir eigentlich vorstellen, dass ich doch noch die Gerechtigkeit treffe ?". Fragend schaue ich ihn an. Seine Blicke aus dem Fenster gerichtet, schüttelt er irritiert den Kopf. Wieder erdrückt dieser Satz mein Gemüt" Ich gebe Ihnen kaum Chance!".

In meinem Kopf beginnt die Vorstellung, wie ich meinem Sohn in die Arme falle, wie in einer Theateraufführung. Dieses Bild immer deutlicher vor Augen, verspüre ich das Klatschen vieler Hände voller Begeisterung über diese Begegnung.

Dieses Klatschen in meinen Ohren, tobend wie der Regen auf der Strasse, erhebe ich mich plötzlich:" Ich werde kämpfen!".

11

Mit diesem Satz richte ich den Wunsch des Bezahlens an die Bedienung. Verstört über diese Euphorie richtet sich mein Freund auf.

Der Regen läuft über mein Gesicht. Ich versuche motiviert zu wirken und halte mir wieder diese Maske vor das Gesicht.

„Fassade ‚bitte bröckel nicht!", denke ich .

Während der Fahrt nach Hause verfolgen mich Gedanken der Hilflosigkeit, Worte wie „Gerechtigkeit" drehen sich in meinem Kopf.

Wieder dieser Schwindel....

Zuhause angekommen kann ich meinen Freund dazu überreden, unter Leute zu gehen, damit ich im Gefühl der Einsamkeit nicht untergehe. Diese Maske vor dem Gesicht, damit ich nicht so auffalle.

Kaum haben wir unsere Stammkneipe betreten, stürmt ein Bekannter auf mich zu:" Und, hast Du es geschafft?" Was sage ich ihm ? Ich habe soeben meinen Sohn verlassen? Habe ich das ? Doch meine Blicke scheinen Bilder zu sprechen, wie in meinen Träumen, denn er klopft mir auf die Schulter „Du schaffst das schon!".

An diesen Satz klammernd, setze ich mich an den Tisch, wieder sitzen wir schweigend da..."Ich werde kämpfen...!"

In die Menschenmenge schauend, vergesse ich alles um mich herum. Haben all diese Menschen auch eine Maske vor dem Gesicht ? Was versteckt sich hinter den Gesichter ? Freude , Leid, oder was ist es eigentlich, was uns immer wieder dazutreibt, nach dieser Maske zu greifen ?

Ich möchte Sie fragen, liebe Leser, was würden Sie in dieser Situation tun? Unternehmen, damit Gerechtigkeit im Vordergrund steht ?

Unser Staat fordert uns auf, „Zum Wohle des Kindes" zu handeln. Halten Sie mal einen Moment inne, vergessen Sie die Kriege auf dieser Welt, die vielen Streitigkeiten in Familien...

Was können eigentlich unsere Kinder dafür ?
In mir ruht die Verantwortung , das unser Sohn das Recht auf
seinen Vater hat, wie auf seine Mutter.

Kurze Zeit schließe ich meine Augen, wie wenn der Rauch der
Zigaretten von den Menschen in den Augen beißen würde. Sehe in
Bildern , wie ich unseren Sohn an die Hand nehme ....
Als kleiner Junge habe ich mich oft gestritten, um jedes
Spielzeug, wegen Kleinigkeiten. Damals konnte ich mit
Gerechtigkeit nicht viel anfangen.
Immer dann, wenn Gerechtigkeit walten sollte und wir Kinder
damit nicht umgehen konnten, kam Mama oder Papa dazwischen.
Mama und Papa....
Nach diesem kurzen Traum verlassen wir die Kneipe. Unsere
Wege trennen sich. Ich möchte alleine sein, denn irgendwie hat
wieder niemand reagiert...
„Mama und Papa..." Mit diesen Gedanken gehe ich einen
matschigen, sumpfigen Feldweg entlang.
Die Wolken türmen sich über mir auf, als wollten sie mir drohen.
Überall wieder diese Pfützen, um die man herumtanzen muss.
Kleine Ringe von den Regentropfen toben in den Pfützen. Sie
tanzen zusammen mit meinen Emotionen. Die Trauer über
Geschehenes türmt sich über meine Seele. Fast bedrohlich.
Was ist da gestern eigentlich passiert ?
Da , wo normalerweise Mama und Papa sind , wurde Papa einfach
aus dem Leben eines Kindes gestrichen. Ist Papa denn nicht
wichtig? Papa war doch auch da, wenn es lustig war, wenn es
traurig war, wenn unser Sohn krank war ! Wenn er eine Frage
hatte, schaute er doch auch zum Papa auf „Papa, was ist das?
Warum ist das so ?"
Für alle Kinder dieser Welt sprechend, Mama und Papa sind doch
beide wichtig- Gerechtigkeit....

Das ist doch wie eine Waage, wie ein Gleichgewicht. Warum zerstören wir Erwachsenen das eigentlich immer ? Vielleicht weil wir nicht erwachsen genug sind, dies zu begreifen ....

Liebe Leser, darf man das ?Die Welt eines Kindes so zerstören ? Ihm das wegzunehmen, woran er sich klammert, wenn es ängstlich ist, wenn es hochschaut, weil es etwas begreifen möchte..... ?

Von Gedanken aufgewühlt, merke ich erst jetzt, das ich weit ab von der Stadt durch die Felder laufe, gefolgt von meiner Verantwortung, dieser Vaterrolle gerecht zu werden.

Wie geschah eigentlich alles ? Meine Freundin erkrankte vor einiger Zeit an Depressionen, ließ die Seele fallen, wie die Bäume ihre Blätter. Drohte sich selbst zu verlieren. Zusammen mit Familie und Freunden versuchten wir, ihre Seele zum Blühen zu bringen, damit wieder Blätter wachsen, alles farbig wird. Doch wir wurden zurückgewiesen. In dieser Zeit suchte unser Sohn nach Halt, Zuneigung. Ich habe ihn dann immer an die Hand genommen. Traurige Momente bestimmten den Alltag, gefolgt von Höhen und Tiefen. Plötzlich sieht sie unsere Beziehung für beendet, fühlt sich verraten...

Verraten ? Von wem ? Von ihrer Krankheit ? Also bin ich damals ausgezogen, mit der Angst im Rücken, sie könne es vielleicht alleine nicht schaffen. In der folgenden Zeit habe ich ihr immer wieder signalisiert, für sie dazusein. Habe ihr Frieden angeboten. Doch der Frieden kam nie an. Für sie war alles Verrat, und hat unseren Sohn in Gefahr gesehen. Seit dem habe ich unser Kind nicht mehr gesehen.

Vollkommen durchnässt vom Regen, diesen Schleier von Kälte um mich herum, betrete ich mein Zimmer. Nach unserer Trennung bin ich in eine Wohngemeinschaft gezogen. Ich glaube, um mir vorzumachen, doch noch in einer Familie zu leben.

Schon bald habe ich festgestellt, dass mir diese Familie fremd ist.

Meine nasse Kleidung über die Heizung hängend, versuche ich der Stille zu entrinnen, indem ich den Fernseher einschalte.

Der Stille entrinnen; da wo früher Kinderstimmen waren, gestritten wurde, unser Sohn um Beschäftigung gebeten hat, heute diese Leere. In meinem Zimmer steht ein alter Holzofen, doch die Wärme kann diesen Kälteschleier nicht durchdringen.

Wenn mir früher kalt war, habe ich mich in die Nähe meiner Familie begeben und Wärme floss mir zu.

Immer wieder erreichen mich die Worte von Gerechtigkeit. Mit einem Stift schreibe ich einen Spruch an meine Zimmerwand: " Gerechtigkeit ist der andauernde und beständige Wille einem Jeden sein Recht auszuteilen."

Oft frage ich mich, woher ich die Kraft für diesen Kampf nehmen soll, um unserem Kind ein Vater zu sein.

An diesem verregneten Tag ist wieder so ein Moment, wo ich mir diese Frage stelle. In mir ist wieder diese vollkommene Leere, wie in meinem Zimmer.

Als ich vom Fenster aus auf die andere Straßenseite schaue, sehe ich dieses Plakat. Grau wie die Regenwolken, die diesen Tag schmücken. Dieser Junge auf dem Plakat, mit traurigem Blick und einem gelben Schild vor dem Mund schaut er mich an:" Wegen Einsamkeit geschlossen!"

..."Wegen Einsamkeit geschlossen!". Ob es unserem Sohn genauso geht ? Wo würde eigentlich ein Kind nach seinem Vater suchen ?

Das Bild wirkt von meinen Tränen verschwommen. Das Leuchten des Schildes vor dem Mund wirkt wie eine Laterne. Dieses Leuchten gibt mir Motivation aus meiner Wut heraus, etwas zu unternehmen...

Am nächsten Morgen beschließe ich, meinen Anwalt aufzusuchen. Ihn zur Rede stellen , warum er nicht reagiert hat. Auf dem Weg zur Kanzlei irritieren mich Gefühle von Wut , Enttäuschung. Dieses Gefühl von früher als Kind; tagelang alleingelassen, keiner hat reagiert.

Von außen wirkt das Gebäude trist, ohne Hoffnung. Von der Strasse durch eine Glastür getrennt.

„ Wie im Heim", denke ich" Nur nicht undurchsichtig".

Hoffentlich wird nicht wieder etwas versteckt. Wie im Heim die Einsamkeit... .

Als ich zur Türklinke greife, steht mir bereits mein Anwalt gegenüber. Hat er mich erwartet ? Sein Gesicht wirkt so klar, als hätte er das „Gestern" schon vergessen. " Kann ich Sie sprechen ?". Fordernd schaue ich ihn an. Am liebsten würde ich ihn festhalten.

" Kommen Sie". Er reicht mir seine Hand und ich spüre diesen hoffnungslosen Unterton von ihm. In die Augen kann er mir dabei nicht schauen. Dieses Tanzen in seinen Augen wie um diese Regenpfützen ist erloschen. Auch er hat diesen Schleier von Kälte um sich herum. Hat er schon vergessen, dass man mir gestern meine Vaterrolle abgesprochen hat?

Er bittet mich, Platz auf einem Stuhl zu nehmen. Soll ich ihn anbrüllen ? Ihm Vorwürfe machen, warum er unserem Sohn nicht geholfen hat ?Sein Gesicht wirkt verschwommen, wieder diese Tränen:" Was halten Sie von dieser Verhandlung? Ich meine, war das gerecht?". Fragend schaue ich ihn an, beobachte , wie er nervös mit seinem Bleistift spielt. Selbst gestern im Gericht war er nicht so nervös. Da hatte er noch dieses Tanzen in seinen Augen. Dort saß er, als höre er einem Leser zu, der ihm gerade sein Buch vorstellt.

Schweigend spüre ich, wie er nach Worten sucht. „Ehrlich gesagt, habe ich geahnt, dass es so ausgeht..." Verstohlen schaut er mich an, als registriere er meine Tränen.

" Ich verstehe das alles nicht. Mensch, hilf mir doch !", denke ich.

„ Ich kann leider nichts weiter für Sie tun! Wie Sie wissen, kommt im nächsten Jahr ein neues Kindschaftsrecht heraus, vielleicht erreichen wir dann mehr."

Wolken von Emotionen über mir zusammenbrechend versuche ich zu begreifen, dass es keine Chance geben soll.

„Warum haben Sie eigentlich das Verfahren einstellen lassen ?".
Ich richte mich auf. Meine Beine zittern, als spürten sie meine
Hilflosigkeit.
„ Weil Sie mich im Stich gelassen haben! Aber ich werde auch
ohne Sie kämpfen...!"Ohne weitere Blicke ihm zu würdigen,
verlasse ich das Zimmer, vorbei an seiner Sekretärin. Auf der
Treppe stehend, merke ich, dass ich mich schon lange im Kampf
befinde...
Aufgelöst schleiche ich durch die Strassen, vorbei an den vielen
Geschäften, an lustigen Menschen, an traurigen Menschen gefolgt
von meiner weinerlichen Seele.
Wie der Himmel...
Nach einem kurzem Tanz um die Regenpfützen herum erreiche
ich den Marktplatz, inmitten die Stadtkirche sich unter den grauen
Wolken auftürmt. Irgendwie wirkt sie beruhigend auf mich, so
mächtig, als wolle sie mich annehmen. Mit diesen Gedanken habe
ich bereits ihre Türen erreicht.
Eine Stille voller Kraft erreicht mich. Eine alte Frau sitzt in einer
Bankreihe. Ob sie auch trauert ? Langsamen Schrittes gehe ich an
ihr vorbei. In einer Bibel lesend schaut mich dieses faltige Gesicht
an. Falten voller Ehrfahrung, Leid. Oder was ist es, was uns
Menschen so aussehen lässt ? Sie strahlt eine Ruhe aus, als wolle
sie mir gut zureden. Ein Stück weiter vorne, dieser mächtige
Altar, beleuchtet von einer Reihe Opferkerzen. Sie tanzen ein
bisschen, und doch strahlen sie diese Ruhe aus.
Schließlich nehme ich eine Kerze und entzünde sie. Ein Opferlicht
für unseren Sohn ?
Ich denke an ein Lebenslicht.
Die Augen geschlossen, erkenne ich Bilder unseres Sohnes, wie er
lacht, wie er weint, wie er mich fragend anschaut. In Gedanken
nehme ich ihn an die Hand:" Ich werde es Dir erklären."
Als ich die Augen öffne, sehe ich die Lichter verschwommen.
Dieser Schmerz....

Schweigend verlasse ich die Kirche, vorbei an dieser alten Frau mit ihrem faltigem Gesicht.

Schweigend die Kirche verlassen...Unseren Sohn ? Habe ich um die Wahrheit geschwiegen, wenn er mich fragt, wann ich zu ihm komme?

Auf der Zunge verspüre ich diesen Duft von Weihrauch, als wolle er mich reinigen. Innerlich suchend, ob die Ruhe aus der Kirche noch in mir ist, schaue ich auf den Boden.

Über dem Boden erstrecken sich Kopfsteinpflaster, die uneben aneinandergereiht sind, als verlange man von uns Menschen wieder diesen Tanz. Auch ich fühle mich uneben, und eigentlich müsste ich zu Tanzen beginnen. Doch mir ist nicht zum tanzen. Viel lieber würde ich alles sortieren, passend machen. Die Kopfsteinpflaster verraten, dass dies nicht immer geht. Elemente der Seele werden verschoben, gewinnen an Gleichgewichtsstörungen, wie diese Kopfsteinpflaster.

Langsam laufe ich das Gestein entlang, um meine Seele nicht noch mehr zu verletzen. Wieder dieser Tanz , um dem Schmerz auszuweichen.

Doch es gelingt mir irgendwie nicht, denn die innere Ruhe der Kirche ist bereits in der Trauer untergegangen.

Auf die Kirche schauend spüre ich wieder diese Ironie. Ihre Fassade wirkt so mächtig. Grau wird sie überschattet. Wie momentan die Ungerechtigkeit. Mitten in dieser grauen Fassade dann diese bunt bemalten Fenster . Alles Ironie ? Oder nur ein Versuch, die Fassade nicht bröckeln zu lassen ?

Mit der Motivation dieser leuchtenden , farbigen Fenster wende ich mich der grauen Fassade ab. „ Es muss einen Weg geben...", denke ich.

In meiner Zeitlosigkeit treffe ich bereits die Abenddämmerung an, mächtig, aufbäumend, so erdrückend. Zusammen mit meiner Motivation verlasse ich den Kirchplatz, möchte vor dieser Abenddämmerung fliehen. Der Kirchplatz, wo man zwei mal in der Woche Gemüse kaufen kann. Wo sich Liebespaare zur

Trauung treffen, um die Ehe zu schließen, ihren Kindern Mama und Papa geben, Blumen werden in ihren prächtigen Farben angeboten, diese triste Fassade der Kirche zum Leuchten bringen. Und mitten in diesem Treiben die Kirche mit ihrer grauen Fassade, diesen ironisch bunten Fenstern.

Beschützend ragt sie in den Himmel.

Während ich durch die Gassen schleiche, verfolgt mich dieser scharfe Wind. Wie Pfeffer steigt er mir in die Augen. Oder ist es wieder die Seele, die nach Erlösung schreit ?.... Möchte meinem Kind doch nur ein Vater sein.

In der Zwischenzeit hat mich die Dunkelheit eingeholt, mich nach Hause getrieben. In die Familie, die mir fremd ist; die Wohngemeinschaft.

In meinem Zimmer ist es kalt. Der Schleier lässt sich von der Wärme nicht verdrängen. Ich greife zum Telefon, denn das Gericht hat mir das Recht gegeben, unseren Sohn einmal im Monat anzurufen.

" Ja, bitte ?", meldet sich eine Stimme. Es ist die Mutter mit ihren Vorwürfen. Durch das Telefon dringt dieser Hass, dieser Triumph, Mama hat gewonnen . Hat sie gewonnen ? Geht es hier eigentlich um das Gewinnen ?" Ich sehe nach, ob Dein Sohn Zeit für Dich hat!". Dieser ironische Ton, wie die ironischen bunten Kirchenfenster in der grauen Fassade. Bin ich ein Vater zweiter Klasse ? Im Hintergrund höre ich unseren Sohn; sein Atem wird schneller, aufgeregt, sichtlich aufgewühlt rennt er an den Hörer. „Papa, wo bist Du ? Darf ich Dich besuchen ? Papa, ich habe eine neues Auto, ganz groß." Mit übersprudelnder, aufgeregter Stimme erzählt er mir in folgenden Momenten, was er in der letzten Zeit alles erlebt hat. Eindrücke eines drei jährigen Jungen strömen mir zu. Erstaunlich, was er schon alles in seiner kleinen Welt sieht.

„ Zum Glück sieht er in diesem Moment nicht seinen weinenden Vater", denke ich. Wie gerne würde ich ihn jetzt an mich drücken, ihm das geben, was ihm zusteht.

„Papa, wann kommst Du eigentlich wieder? Ich möchte Dir mein neues Auto zeigen."

„Papa kommt bald wieder!". Wieder habe ich mit der Ungewissheit geantwortet. Und mit dem Willen, der Ungewissheit den Kampf anzusagen, sage ich unserem Sohn, dass ich ihn sehr gern habe, in der Hoffnung ‚meine Botschaft kommt an. Als er diese gedankliche Umarmung erwidert, ist mir klar; meine Botschaft ist angekommen.

Das Gespräch beendet, versuche ich den Hörer aufzulegen. Wie schwer es sich anfühlt, denn im Moment ist es die einzige Verbindung , die mir zu unserem Sohn geblieben ist.

Ich spüre seine Sehnsucht . Ein kleiner Junge mit drei Jahren wird von Sehnsucht begleitet. Sehnsucht, ausgelöst von der Zeit.

Was ist eigentlich Zeit ? Unseren Sohn habe ich vor 8 Wochen gesehen. Ist das Zeit ?

Es kommt mir vor wie eine Ewigkeit.

Dinge, die wir schön finden, dauern meist nur Momente, das Glücksgefühl , etwas erreicht zu haben. Traurige Momente wie der Tod oder eine Trennung werden von Ewigkeit begleitet. Ist das gerecht ? Und warum tut die Ewigkeit eigentlich immer so weh, kostet soviel Kraft, dass man manchmal das Gefühl hat, zusammenzubrechen ?

Zusammenbrechen, wie wenn man einer Brücke die Pfeiler wegnimmt. Oder wenn man einem Kind einen Lebenspfeiler wegnimmt, Mama oder Papa...

Beide sind doch unersetzlich.....

Ich suche verzweifelt nach einem Weg, zu einem Ort, einer Person, der mir all meine Fragen beantworten kann. Doch wohin laufe ich jetzt ? Mir kommen diese ironischen Kirchenfenster in den Sinn. Motivation kommt auf....

Als ich aus meinem Zimmerfenster schaue, sehe ich, wie die Straßenlaternen erlischen.

Was bleibt, ist der Schmerz...

In der Nacht habe ich wieder eines dieser Träume. Träume , die mich in meinem Schlaf lähmen." Papa, wann kommst Du eigentlich wieder?" Dieses Plakat mit dem traurigem Jungen und dem gelben Schild vor dem Mund" Wegen Einsamkeit geschlossen!" Im Traum sehe ich unseren Sohn auf diesem Plakat, als wolle er mir ein Zeichen geben, „Papa, lass mich nicht alleine!"

Diese Gerichtsverhandlung, gefolgt von Ironie und Ungerechtigkeit.

Diese Träume, wo man vom dem gejagt wird, was man am Tag verfolgt.

So lebendig wie bunte Kinderbücher, wo man Figuren und Märchen begegnet, die voller Lebendigkeit sind. Träume, die so offen sind, wie die Seelen Ihrer Kinder.

Kinder, sie sprechen aus, was sie denken, fragen nicht nach Sinn oder Gerechtigkeit.

So ein Traum ist dies wieder gewesen, lebhaft wie bunte Kinderbücher.

Am nächsten Morgen erwache ich mit glasigen Augen, als hätte ich im Schlaf geweint, weil dieser Traum wieder so lebendig war. Lebendige Kinderseelen. Doch es ist die Kälte, die im Raum steht, mein Ofen ist ausgegangen. Sie wirkt wie eine Bedrohung, die gegen das Gefühl des Wohlfühlens kämpft. Kleine Kinder kämpfen immer um Spielzeug...

Meine Glieder fühlen sich unbeweglich an, wollen mich hindern, meinen Weg zur Arbeit zu gehen. Dorthin, wo die Fassade nicht bröckeln darf...

Dort, wo man Lachen muss, wie ein Clown.

Als kleiner Junge habe ich den Zirkus geliebt. Diese bunten Manegen, die vielen Lichter, Seile ,die unter der Decke hängen. Die vielen Tieren, der Geruch nach Heu und natürlich der Clown. Der Clown mit seinen Späßen , seinem bunten Gesicht .

Meinen Vater habe ich als Kind mal gefragt, wie man ein guter Clown wird...

...Der beste Clown ist, wo Lachen und Weinen gleichzeitig kann
...

Lachen und Weinen gleichzeitig, geht das ? Hat unsere Seele
diese Fähigkeit ?

Von meinem Bett aufrichtend verspüre ich, wie die
Unbeweglichkeit von meinen Gliedern bröckelt.

„... Fassade , bitte bröckel nicht.". Mit diesem inneren Aufruf
begebe ich mich zur Arbeit. In die Manege, wo man sich als
Clown bewegt. Ein Arbeitstag im Zirkus.... Oft frage ich mich, ob
man eigentlich etwas merkt .

Immer, wenn ich abends zusammen mit der Dunkelheit nach
Hause gehe, nehme ich diese Maske vom Gesicht. In der
Hoffnung, man hat nichts gemerkt.

Zuhause sinke ich erschöpft in meinen Sessel. Alles dreht sich.
Gedanken, etwas unternehmen zu müssen. Ein Kreisel voller
Gedanken, bunt bemalt. Wenn man sie dreht, machen sie Musik
und wechseln die Farben. Und haben sie nicht mehr genügend
Schwung ,brechen sie zusammen, bleiben am Boden liegen.

Ich habe Angst, wie ein Kreisel zusammenzubrechen, am Boden
liegen zu müssen, weil es nicht mehr geht. Einfach keinen
Schwung mehr zu haben...

Warum tut es eigentlich so weh, wenn man seinem Kind ein Vater
sein möchte ? In unserer Gesellschaft gibt es unendlich Väter, die
ihre Rolle nicht annehmen, die ihre Kinder verleugnen, sie fallen
lassen wie diese bunten Kreisel, wenn sie nicht mehr genügend
Schwung haben. Verspüren die keinen Schmerz? Vermissen die
denn gar nichts ?

Immer wenn ich auf der Strasse Kinder sehe, glaube ich unseren
Sohn zu sehen. Ich beobachte sie, vielleicht können sie mir ja
verraten, wie es unserem Sohn geht, was man in seinem Alter so
macht.

Und dann überrascht er mich, dieser Schmerz, gefolgt von
Sehnsucht. Ich möchte dann immer schreien. Der ganzen Welt

mitteilen, dass ich den Weg zu unserem Kind suche, er aber versperrt ist, als tobe gerade auf diesem Weg ein großes Unwetter. Aber wie komme ich an die ganze Welt ? Kinder würden jetzt sicherlich den Vorschlag machen, die Welt einfach in die Jackentasche zu stecken und ihr zuhause alles zu erzählen. Für Kinder ist doch alles simple. Und wie komme ich als Erwachsener an die große Welt ? Die hat doch gar keinen Platz in unser Jackentasche, so voller Sorgen sie ist, mit Problemen überlastet.... Zusammen mit diesen bunten Kirchenfenstern, den bunten Kreiseln und den bunten Kinderbüchern mit ihren lebhaften Figuren und Märchen setze ich mich an meinen Schreibtisch und beginne zu schreiben. An die ganze Welt, ohne mir Gedanken darüber zu machen, wie ich eigentlich an die ganze Welt komme...

Doch plötzlich werde ich von Bildern aus meiner Kindheit überrascht.....

Das neue Zuhause

Ein großer Turm aus Holzklötzen türmt sich mitten im Gang des Jugendamtes in die Höhe. So groß, wie ein Spiegelsaal in einem Schloss, mächtig in die Weite gezogen. Kronleuchter schmücken die Decke. Die Lichter, sie glänzen, als wollten sie etwas wunderschönes, besonderes, gar gigantisches mitteilen. Und mittendrin dieser Holzturm, so groß wie der kleine Junge, der neben seinem Turm steht.

Vor kurzem ist er 6 Jahre alt geworden; ein kleiner zierlicher Junge. Ein bisschen unruhig steht er da, als spüre er, dass heute etwas besonderes geschehe. Seine Augen leuchten wie die Kronleuchter an der Decke. An der Wand reihen sich großen Holztüren, hinter denen sich die Menschen verstecken, die über sein neues Zuhause entscheiden sollen. Seine leiblichen Eltern wurden ihm im Alter von 5 Monaten verwiesen, weil sie nicht für ihn sorgen konnten. Sozial und menschlich sind sie in ein großes Loch gefallen, in welches sie den kleinen Jungen nur hineingezogen hätten. Man hatte schon viele neue Zuhause ausprobiert, immer wieder dieser Versuch, ein neues Heim zu schaffen. Doch bis heute sind alle Versuche gescheitert. Bisher hat man den kleinen Jungen einfach immer nur ausgetauscht, wie ein Ersatzteil von einer Maschine, wo nicht mehr richtig funktioniert. Plötzlich geht eines dieser schweren Holztüren auf. Durch das Öffnen der Türe beginnt der Turm zu schwanken. So zu schwanken, wie die bisherigen Versuche, ein neues Zuhause zu schaffen. Während die ersten Holzklötze auf den steinigen, kalten Boden fallen, türmt sich dieser Aufprall der Klötze in dem Gang auf. Der Klang wirkt so mächtig wie die großen Holztüren, hinter denen man ein neues Zuhause schafft. Momente vergehen, der Turm fällt in sich zusammen. Die dumpfen Klänge spielen einen Rhythmus. Doch schon kurze Zeit später ist alles still. Das Aufprallen hat sich in der Weite des Ganges verloren.

Im Türrahmen steht eine Frau. Kräftig gebaut. Sicher musste sie
in ihrem Leben schon einiges tragen. Erschrocken schaut sie auf
den Boden, bückt sich, um die Steine aufzusammeln. Ihre Hände
zittern; gerade hat sie etwas zerstört....
„Das tut mir leid! Ich wollte Dir Dein schönes Haus nicht kaputt
machen.!" Ihre Blicke treffen sich." Das war doch kein Haus!",
verbessert der kleine Junge.
Die Erwachsenen haben doch keine Ahnung.
Alle Klötze aufgesammelt, nimmt sie den Jungen an die Hand .
" Ich möchte Dir jemanden vorstellen. Kommst Du mal mit mir in
mein Zimmer?"
Im Voraus das Zimmer betretend, schaut sich der kleine Junge
irritiert im Raum um. Die Sonne blendet so stark, dass er nach
Blicken suchen muss. Nur die Umrisse zweier Gestalten erkennt
er, doch im Schein der Sonne vernimmt er nur die Stimme der
kräftigen Frau." Diese zwei möchten Dich gerne näher kennen
lernen."
Bereits an die Sonne gewöhnt, erkennt der kleine Junge nun diese
zwei Gestalten.
Ein großer Mann. Sein Gesicht wirkt sehr entspannt. Irgendwie
sieht er weise aus. Sein Gesicht ist mit einem vollem Bart bedeckt,
seine Hände über dem Schoß gefaltet. Seine Erscheinung lässt
erkennen, dass er es versteht, mit seinem Leben umzugehen.
Neben ihm eine blonde Frau in kleiner , zierlicher Person. Ihr
Gesicht ist von zarten Zügen gezeichnet. Glatt wie Seide reichen
Ihre Haare bis zur Schulter. Beide sitzen sie da und es vergehen
Ewigkeiten, bis die ersten Blicke sich treffen. Die Frau mit ihren
seidenen Haaren lehnt sich zu dem Jungen herunter und ihre
Armreife beginnen zu glänzen. „Du bist also Stefan. Wie ich
gehört habe, hast Du einen wunderschönen Turm gebaut. Würdest
Du ihn mir noch einmal aufbauen ?" Der kleine Junge reagiert
aber nicht auf ihre Frage.
Er sucht nach etwas Vertrauen. Zögernd begibt er sich dann doch
in den Gang, gefolgt von dieser fremden Frau mit ihren seidenen

Haaren. Langsam beginnt er noch einmal mit dem Errichten des zusammengefallenen Turmes, gefolgt von der Frau des Jugendamtes und der Mann mit dem Bart.

Der Mann bückt sich zu dem kleinen Jungen herab, schaut ihn mit seinem warmen Blick an. Begleitet von der Wärme der Sonnenstrahlen, die durch das Fenster dringen." Das kannst Du aber gut. Darf ich Dir helfen ?" Schon den ersten Klotz in der Hand beginnen beide diesen zusammengefallenen Turm wieder zu errichten. Es macht den Eindruck, als wollten sie eine zerstörte Kindheit reparieren. Wie eine Maschine, wenn sie nicht mehr richtig funktioniert.

Der Mut von dem kleinen Jungen wächst, schaut diesen bärtigen Mann an." Dahinten sind auch noch Steine, ich hole sie !"

Auf seiner Hose krabbelnd, von dem Glanz der Kronleuchter gefolgt, stößt er die Steine in die Richtung des Mannes.

„ Ich stelle fest, ihr versteht euch schon recht gut." Die kräftige Frau vom Jugendamt geht in das Zimmer zurück. Ihre Gestik lässt erkennen, das man ihr folgen möchte.

Wieder im Zimmer, schaut der kleine Junge sich um, als suche er nach einem Platz. Wie er bisher nach Liebe und Zuwendung gesucht hat. Diese zwei Menschen , haben sie Liebe und Zuwendung? Als er sich dann auf den Boden setzt, wird er von den Sonnenstrahlen bedeckt.

Es folgen Gespräche, umhüllt von Ewigkeit. Blicke suchen nach Vertrauen, Geborgenheit und den zwei Lebenssäulen. Nach einer Mama und einem Papa. Schließlich sind beide wichtig. Ewige Gespräche , emotional erinnern sie ein wenig an die vier Jahreszeiten. So wie die Natur uns Menschen mit ihren Jahreszeiten begleitet... Und nach einem langem Spaziergang mit der Zeit kommt es zur Einigung. Wieder wurde hinter diesen schweren Holztüren ein neues Zuhause geschaffen. Diesmal für einen kleinen Jungen....

Als diese zwei neuen Lebenssäulen, Mama und Papa mit dem kleinen Jungen das Gebäude verlassen, erkennt man im Nebel ganz deutlich die Sonnenstrahlen. Sie weisen den Weg zum neuen Zuhause.

Während der Autofahrt wird kein Wort gesprochen. Wohin es wohl geht ? Wie das neue Zuhause wohl aussieht ?

Durch die Wortlosigkeit im Auto, dieser erdrückenden Stille, scheint eine Ewigkeit zu vergehen. Die Motorgeräusche des Wagens versuchen verzweifelt, etwas Lebendigkeit in die ungewohnte Situation zu bringen. Am Straßenrand sieht der kleine Junge eine Gruppe von Kindern. Immer zwei nebeneinander. Jeder passt auf den Anderen auf.

Nachdem der Nebel wie ein Zauber in der Erde verschwunden ist, erreicht der Wagen eine große Einfahrt. Begleitet von tosendem Steingeröll. Um sich blickend sieht der kleine Junge ringsherum riesige Tannen mit Zapfen. Hängende Baumsträucher beschützen die Einfahrt. Auf der anderen Seite ein rotes Haus, mächtig und bedrohlich wie eines dieser großen Regenwolken.

Der Mann dreht sich zum kleinen Jungen um." Das ist dein neues Zuhause." Die Tür geöffnet, betritt er den Kiesboden. Die Steine senken sich unter dem Gewicht des Mannes, als wollten sie ihm weichen. Der kleine Junge steigt aus und folgt der zierlichen Frau mit ihren seidenen Haaren, die bereits den Garten hinterm Haus erreicht hat.

Eine große Wiese erstreckt sich, bewohnt von Kühen, die geduldig vor sich hin grasen. Hinterm Haus ein Schwimmbecken. Auf der Wasseroberfläche tanzen bunte Blüten. Tanzen, wie wenn man um diese Regenpfützen herumtanzt. Ist alles nur ein Traum ?

Im Hausflur werden sie von einem kleinem Hund empfangen. Schwanzwedelnd beschnuppert er das neue Familienmitglied. Früher war der kleine Junge eine Zeit lang bei alten Leuten. Dort hat er sich immer auf den Bauch eines Bernhardiners gelegt. Vielleicht um nach Geborgenheit zu suchen.

Als sich die Wohnzimmertür öffnet, betritt eine Frau mit einem Kind auf dem Arm den Flur. Der neue Bruder....

27

Doch zu Beginn reagiert der kleine Junge mit seinen Sehnsüchten nicht, seine Augen noch immer auf den Hund gerichtet.

Erst als das Kind versucht sich vom Halt der Frau zu lösen, richten sich ihre Augen aufeinander. Die Haare des neuen Bruders wirken borstig, sein Gesicht von heller Haut geschützt. Nur seine Wangen heben sich durch ihre leichte Röte vom Gesicht ab.

Ihre Blicke verraten, dass ihnen das Verständnis fehlt, welche Rolle Ihr Zusammentreffen im weiteren Leben haben soll.

Der neue Papa wendet sich ab und geht eine Wendeltreppe hinauf, gefolgt vom kleinen Jungen. Er hat Schwierigkeiten, ihm zu folgen, da die Stufen sehr hoch sind. Oben angekommen gehen viele Türen vom Flur ab. Türen, wie beim Jugendamt, hinter denen ein neues Zuhause geschaffen wird. In einem Zimmer verschwindet der Mann. Als der kleine Junge dieses Zimmer betritt, leuchten seine Augen. Das Zimmer gleicht einem Kinderparadies.

Auf der Tapete tanzen Clowns in den verschiedensten Farben. Manche balancieren einen Ball auf dem Kopf, andere drehen einen Schirm in ihren Händen. Alle diese Clowns, sie lachen den Menschen an. Ob sie auch eine Maske vor dem Gesicht haben ? Mitten im Raum hängt eine bunte Lampe, handgeflochten aus Bast. An den Wänden stehen Regale mit Bauklötzen, Kuscheltieren, Autos und Kinderbüchern, so lebendig mit Ihren Figuren und Märchen.

„ Na, gefällt es Dir ?".Der Mann bückt sich zu dem Jungen, würde ihn gerne in den Arm nehmen, doch irgendetwas hält ihn zurück. Ist es die Fremde, die nach Zeit ruft ?

Und mit dieser Zeit im Raum, beginnen sie beide zu spielen. Sie bauen aus Klötzen Burgen, und jedes Mal, wenn etwas zusammenfällt, werden die Steine vom weichen Teppich aufgefangen. Der Hall erstickt im Teppich.

Von der Zeit wird der kleine Junge und sein neues Zuhause in die Zukunft getragen. Tage, Wochen vergehen, alles wird vertrauter, nur die Geborgenheit findet nicht ihren Weg. Nach außen scheint

alles in Ordnung. Doch das Alltagsleben und die innere Fremde verstecken immer wieder die Zuwendung, Geborgenheit.
Und diese Fremde zwischen dem kleinen Jungen und den zwei Lebenssäulen, Mama und Papa üben Macht aus.
Macht, so dass sich der kleine Junge immer mehr zurückzieht.
In der Schule reden alle von Mama und Papa. Wärme, Zusammengehörigkeit und Liebe spielen dabei eine große Rolle.
Dinge, die der kleine Junge viele Jahre später immer noch nicht gefunden hat.
Je mehr von Mama ‚Papa gesprochen wurde, desto größer das Verlangen, den Platz seines Ursprunges zu finden.
Und Jahre später suchte dann die neue Familie zusammen nach den richtigen Lebenssäulen .
Eine Säule hat man schließlich gefunden, doch ihre Fassade war schon lange abgebröckelt. Geprägt vom Leben, vielleicht ebenfalls von einer langen Suche nach Verlorengegangenem.
Die Fahrt dorthin war für alle ein Graus. Vorbei durchs Rotlichtmilieu , dem Arbeitsplatz der alkoholkranken, abgemagerten leiblichen Mutter. Am Straßenrand saßen Alkoholiker, Obdachlose; Menschen, die auf Hilfe warteten. Doch keiner hat reagiert. Dann nach einem langem Fußmarsch erreichten Sie ein verrostetes Tor. Ob es sich noch öffnen lässt ?
Ein Pförtner begleitete sie in ein altes Gebäude. Er machte einen gemütlichen, ausgeglichenen Eindruck. Macht, diesen hilflosen Menschen in diesem Heim zu helfen, umhüllte ihn.
Das alte Gebäude glich dem Jugendamt mit seinen langen Gängen. An der Decke hingen jedoch nur spärliche Glühlampen, keine glänzenden Kronleuchter. Und diese schweren Türen, hinter denen sich Lebensschicksale verbargen. Menschen, die das Ruder ihres Lebensschiffes verloren haben. Menschen, die aufgehört haben, Gutes zu hoffen, die nach Liebe und Geborgenheit suchten.
Sie lebten hinter diesen Türen.

Vor eines dieser Türen blieb der Wärter stehen und öffnete sie schwermütig. Man sah ihm an, dass er folgendes gerne versteckt hätte.

Ein kaltes Zimmer, karg eingerichtet. Lediglich ein Tisch, Stuhl und ein altes Bett boten Platz zum Leben.

Auf dem Bett saß eine kleine Frau, wie in der Kirche mit ihren ironisch, bunten Fenstern. Ihr Gesicht vom Leben gezeichnet, schaute sie mit roten, eingefallenen Augen zu dem Jungen.

Wortlose Momente. Selbst der Versuch vergangenes zu erklären, ließ die Stille nicht brechen. Doch brauchte dieser Junge noch Erklärungen?

Wortlos verließ er das Gebäude, innerlich mit dem Wunsch, zu verzeihen.

Diese Stille, die Erscheinung dieser Frau nahmen schnell Hoffnung, hier etwas Liebe und Geborgenheit zu finden......

Das Läuten der Kirchturmglocken lässt mich aus meinen Gedanken aufschrecken. In meinen Kindheitsträumen muss ich eine Ewigkeit verweilt haben, denn draußen sind einige Straßenlaternen erloschen.

Dann fällt es mir wieder ein. An die ganze Welt wollte ich schreiben, ohne eigentlich zu wissen, wie ich an die ganze Welt komme... .

In meinem Brief schreibe ich im Strom der Gerechtigkeit, meinem Kind ein Vater sein zu wollen. Fordere meine Mitmenschen um Hilfe auf, kritisiere unsere Politiker, fordere Veränderung.

Möchte unserem Sohn doch nur ein Vater sein.

Möchte sehen, wie er wächst. Ihm erklären, wenn er etwas nicht versteht. Rufe um Verständnis, warum es keinen Weg zu unserem Sohn geben soll.

Den Brief beendet, wirkt alles um mich herum wie betäubt. Ob mein Frust, mein Hilferuf die ganze Welt erfährt? Denn für die Jackentasche ist unsere Welt einfach zu groß.

Ich beschließe, an die Zeitungen meinen Brief zu schicken, aufmerksam machen auf diese juristische Ungerechtigkeit. Mir steigen wieder diese Tränen in die Augen, lassen meinen Brief davonschwimmen.

Vielleicht hört mich ja jemand...

Zusammen mit meiner Trauer verschließe ich den Brief in Umschläge, adressiert an verschiedene Zeitungen. In der Hoffnung, vielleicht hört mich ja jemand. Kraft hat mir dieser Brief geraubt.

Kraft, die mich in eines dieser Träume bettet...

Mitten in der Wildnis. Mitten im Wald, dieses Feuer. Um das Feuer tanzen Indianer, bunt geschmückt. Es könnten auch Clowns sein mit ihren Masken vor dem Gesicht. Sie tanzen um das Feuer, als wollten sie es vor Eindringlingen beschützen. Meinen Sohn hätte ich auch gerne beschützt... Zwischen den Ästen diese dunklen Rufe der Eulen. Oder ist es die Natürlichkeit, die zu den

tanzenden Indianern vorbeischaut. Tief summend mit ihren bunten Federn in den Haaren und um ihr Gewand? Mit welcher Geduld und Disziplin sie um das Feuer tanzen.... . Der Mond versucht mit seinen hellen Augen in das dichte Waldstück zu schauen. Auch er entdeckt nur dieses Feuer mit den tanzenden Indianern. Ich spüre, wie sie mich an die Hand nehmen und bevor ich richtig wahrnehme, wie es um mich geschieht, tanze ich mit ihnen. Ich tanze um das Feuer herum, als wolle ich es beschützen, wie ich gerne unseren Sohn beschützt hätte. Auch ich beginne zu summen, wie diese Indianer. Kulturen, die sich sonst bekriegen, um ihr Haupt bangen, tanzen gemeinsam um dieses Feuer.
Am Ende des Tanzes wende ich mich an einen dieser Indianer": Wie schafft ihr es, dieses Feuer unentwegt am Leuchten zu erhalten?"
Ruhe ausstrahlend schaut er mich an": Disziplin, Ausdauer und Glauben verleihen diesem Feuer unentwegt Glanz... "
So habe ich unserem Sohn jeden Tag in der Kirche eines dieser Lebenslichter entzündet. Diese Kirche, mit ihren ironisch bunten Fenstern und dieser alten Frau. Weise, wie sie mich anschaute...

Am nächsten Morgen erwachend, verspüre ich trotz des unbequemen Schlafes auf dem Sessel keine schmerzenden Glieder.
Dieser Traum schwirrt mir noch immer im Kopf herum. Er leiht meiner Trauer eine Kraft. Kraft, sich zu erheben und mit Überzeugung an den Kampf zu gehen, trotz aller Hindernisse für das Recht unseres Sohnes zu kämpfen. Ich werde von diesem Gefühl eingeholt, mich schon lange im Kampf zu befinden. Wie vor ein paar Tagen bei meinem Anwalt.
Vor mir liegen diese Umschläge mit meinen Hilferufen „Zum Vater verurteilt- "
Händestreckend bücke ich mich nach den heruntergefallenen Umschlägen. Sie wirken unerreichbar. Wie unser Sohn? Doch ich

gewinne diesen Machtkampf. Alle Umschläge aufgesammelt, laufe ich nach draußen. Zum nächsten Briefkasten.

Ironisch, ich werfe meine Trauer in einen gelb leuchtenden Kasten. Ironisch- als wäre alles nur ein Traum...

Eine kurze Zeit bleibe ich vor dem Briefkasten stehen. Ob mich dieser Weg zu meinem Kind führt?

Manchmal steigen mir Tränen in die Augen, wenn an mir Kinder vorbeilaufen, an den Händen ihre Mama und Papa. Haben diese Menschen auch erst an die ganze Welt geschrieben?

Diese Frage hat mich oft verfolgt. Überall hin, wie die Sehnsucht nach unserem Kind .Doch ich denke, dieser Schmerz, diese Trauer motivieren mich dazu, immer weiter zu gehen, und für unser Kind die Welt zu erobern. Und manchmal kommen Menschen auf mich zu und raten mir, diesen Kampf zu beenden. Dann kommen mir immer Verlustgedanken. Ich möchte doch diesem kleinen Jungen noch soviel sagen, ihm unsere Welt erklären. Das soll ich aufgeben? Dieser Traum mit den Indianern, die ihr Feuer immer am Leuchten erhielten durch Disziplin und Ausdauer haben mir geraten, nicht aufzuhören...

Und immer wenn diese Botschaften kamen, erinnere ich mich an meine Kindheit, suchend nach Zuwendung und Liebe...

Und später ihm alles zu erklären, dieser Kampf um Zeit. Wäre das Gerechtigkeit? Ich denke nicht.

Es vergingen Tage und Wochen, und bald musste ich feststellen-die Welt hat mich nicht erhört.

Die Welt, wo sich um die eigene Achse dreht, als wolle sie all Ihre Last, Ihren Kummer abschütteln; sie hat mich nicht erhört.

Ist dieser Brief zu ehrlich gewesen? Warum hat eigentlich wieder keiner reagiert ?

Mittlerweile sind drei Monate vergangen, als ich das letzte Mal unseren Sohn gesehen habe. Ihn lachen gesehen, weinen gehört, mit ihm Burgen im Sand gebaut; all diese Dinge- eine Ewigkeit.

Diese Ewigkeit begleitet von diesem Schmerz. Unerträglich geworden, diese Hoffnungslosigkeit, ob ich eines Tages all diese Dinge wieder mit ihm erleben darf.
Ich suche nach diesem Gefühl von Nähe zu unserem Sohn.
Versuche mir Plätze vorzustellen, wo ich mit ihm gelacht habe, ihn getröstet habe, wenn Schmerzen seine Kinderseele erreichten.

Auf meiner Suche setze ich mich am nächsten Tag in den Zug, um zu einem solchen Platz zu fahren.
Stundenlang gehe ich an den Ufern des Sees spazieren. Dort, wo ich mit unserem Sohn immer Tretboot gefahren bin. Ich setze mich auf eine Parkbank, genieße das Gefühl von Nähe. Ins Wasser schauend, sehe ich am Boden des Sees die Steine leuchten. Sie blitzen wie Kinderaugen, wenn man ihnen eine Freude macht. Die Augen unseres Sohnes leuchteten immer so, wenn er mit mir Fußball spielte oder mich von der Arbeit abholen durfte. Ein alter Mann setzt sich neben mich. Er beobachtet wie bei einem spannenden Film zwei streitende Kinder am Ufer. Spannend, als wolle er jeden Augenblick dazwischen gehen . Um eine Schaufel streiten sie, ziehen sich hin und her. Fast wie ein Tanz um Gerechtigkeit.
Momente später schaut der Mann zu mir herüber, sichtlich mit den Gedanken bei den streitenden Kindern.
„ Haben Sie auch Kinder ? Heutzutage muss man sich das schon gut überlegen mit den Kindern, schließlich wird unsere Gesellschaft immer komplizierter, und unsere Politiker sind oft hilflos mittendrin oder wie sehen Sie das ?"
Etwas irritiert schaue ich ihn an. Was soll ich ihm antworten ? Ja, ich habe einen Sohn, darf ihn aber nicht sehen. Würde dieser alte Mann das verstehen , wo er doch aus einer ganz anderen Generation ist ?Oder verschweige ich meine Vaterrolle ?
„ Ich habe einen drei jährigen Sohn.", offenbarte ich nach kurzem zögern. Doch mehr brachte ich nicht heraus, verspüre wieder diesen Schmerz, diese Bilder von unserem Sohn, diese Träume

lebendig wie Kinderbücher. Abgewendet mit einem kurzen Gruß verspüre ich den Wunsch zu flüchten. Doch wohin ? Überall erinnern Kinder mich an meine Vaterrolle.

Im Zug höre ich die Stimme des alten Mannes: „Unsere Politiker sind hilflos und überfordert !"

Vielleicht sollte ich mal einen Politiker fragen, warum ich eigentlich unserem Kind kein Vater sein darf ...?

In den folgenden Tagen suchte ich mir über einen Arbeitskollegen den Kontakt zu einem Politiker, wo in seiner Nachbarschaft wohnte. Sichtlich erstaunt über meine Situation , bot er mir einen Gesprächstermin an.

Spaziergänge haben meine Gedanken begleitet, was man eigentlich einem Politiker erzählt, wenn man ihm gegenüber steht. Macht man ihm Vorwürfe, oder zeige ich einfach meinen Schmerz ? Meinen Schmerz werde ich bei ihm nicht loswerden, denn den kann er mir in einem Termin auch nicht nehmen.

Meinen Schmerz linder ich mit dem täglichen Entzünden eines Lebenslichtes in der Kirche .

Ich gehe zu diesem Politiker, um mich für die Rechte eines kleinen Jungens einzusetzen.

Um die Kinder unserer Welt zu stärken, die in unserer Gesellschaft untergehen. Um unseren Kindern ihr Recht auf Mama und Papa zu erhalten. Die Seelen unserer Kinder- bunt wie ein Regenbogen. Rot, blau grün, in allen Farben strahlt eine Kinderseele uns Erwachsenen an. Doch oft hören wir den Kinderseelen nicht richtig zu und muten ihnen Schmerz zu, auf Mama oder Papa zu verzichten.

Liebe Leser, ich möchte Sie fragen, mit dem Blick eines kleinen hilflosen Kindes: Ist das gerecht ?

Mit dem Ziel, unserem Sohn seine leuchtende Seele zu erhalten, fahre ich zu diesem Politiker. – In der Hoffnung, er kann die Farben dieser Kinderseelen erhalten, wie von einem Regenbogen. Ich bin oft in der Kirche gewesen, mit ihren ironischen Fenstern. Lebenslichter gezündet; in der Hoffnung ihm Kraft geben zu

können. Mit Gedanken jongliert, was ich diesem Menschen erzähle, wo unsere Welt verändern kann. Manchmal spielte die Kirchenorgel in einer Klangfülle, als drohe die Kirche zu ersticken. Die Lebenslichter ließen sich von dieser Klangfülle nicht stören. Sie leuchteten, gaben Mut zu diesem Mann zu gehen. Ihm zu erzählen, was unsere Kinder bewegt.
Mit diesem Licht in Gedanken bei mir, vergingen Zeiten. Zeiten bis zu jenem Termin, wo ich vor seinem Haus stehe.

Wie ein kleiner Junge. In einer Hand Verzweiflung, in der anderen unseren Sohn. Als wäre er bei mir. Mit dem Willen, bei ihm an der Tür zu klopfen, um Erklärung bitten, um Hilfe rufend. Ob ich seine Macht spüren werde ?
Ich nähere mich dem Garten, vorbei an dichten Büschen, als beschützen sie diesen Politiker. Der Weg führt eine Treppe herunter, zu einem beleuchteten Büro. Die Akten türmen sich auf dem beleuchteten Schreibtisch. Der Kampf um Gesetze scheint unermüdlich. Hoffentlich geht da meine Sehnsucht nicht unter dieser Menge verloren.
An der Tür angekommen sammle ich meine Gedanken und drücke die Klingel. Meine Finger zittern vor Nervosität; doch sie lässt sich nichts anmerken...
Ein grauhaariger Mann nähert sich der Tür. Mit einem Rollkragenpulli ,verwaschener Buntfaltenhose und Hausschuhe öffnet er . Wo hat er seine Macht ? Versteckt unter der Normalität, wie ich meine Maske vor dem Gesicht trage ?
Die Hand reichend, bittet er mich herein. Während wir uns setzen, entschuldigt er seine Unordnung . „Ist unsere Welt auch so unordentlich?" ,denke ich. Meine Gedanken werden unterbrochen durch seine Worte. Worte, in denen er mir seine Funktion in der Politik erklärt. Macht kommt zum Vorschein, als er erzählt, selbst Richter zu sein. Dieser Mensch wird die Gerechtigkeit kennen.
Aus mir strömten all meine Fragen, meine Sehnsucht, meine Hilferufe...

Die Emotionen toben wie ein Wirbelsturm. Alles dreht sich. Wir führen stürmische Gespräche. Stürmisch, wechselhaft wie die Jahreszeiten. Vorgegeben von unserer Natur...
Sein Bleistift fegt voller Notizen über sein Blatt Papier. Ich spürte, er wolle etwas sagen. Als suche er Gerechtigkeit, damit die bunten Farben unserer Kinderseelen leuchten können. Leuchten wie Regenbogen. Ich schaue mich hilfesuchend um, denn diese Tränen in meinen Augen lassen das Arbeitszimmer verschwommen wirken. Innerlich entbrennt sich mir eine Wut. Warum sagte er nichts? Er saß da, schüttelte immer nur den Kopf, als hätte er nicht verstanden, was ich ihm gerade für Fragen gestellt habe. Er suchte nach Worten, ließ mich erkennen, wie hilflos er war.
„ Geben Sie mir etwas Zeit. Ich muss Ihre Unterlagen prüfen lassen."
Noch mehr Zeit ? Noch mehr Ewigkeit ? Ich möchte unserem Sohn doch nur ein Vater sein. Was gibt es da zu prüfen? Der Wirbelsturm war stärker als am Anfang. Doch ich besann mich. Ein wenig erleichtert erhob ich mich von meinem Platz, in der Hoffnung auf Vertrauen.
„ Ich rufe Sie an, sobald ich mehr weiß." Er reichte mir seine unsichere Hand. Oder war es Einbildung ?
Seine Bürotür geöffnet, gehe ich den Gartenweg entlang, vorbei an diesen Büschen zur Strasse...
Mitgenommen habe ich das Vertrauen, Zeit zu geben. Zeit, die unerträglich scheint. Während dieser Phase habe ich mich oft dabei erwischt, wie ich immer wieder Fragen stelle. Ohne Antwort zu erhalten. Alle wollen Zeit. Zeit, die mich und unseren Sohn trennen. Es lehrte mich Geduld , Ruhe und Glauben. Glauben an kleine und große Wunder, begleitet von Gerechtigkeit.
Auch an diesem Abend wurde ich von unbeantworteten Fragen überrascht.
Ich will ehrlich sein: Wochenlang blieben diese Fragen ohne Erklärung.

Was ich in diesen Wochen gemacht habe? Manchmal bin ich alleine auf den Spielplatz gegangen, habe mich auf eine Schaukel gesetzt. Wie eines dieser Tänze habe ich begonnen zu schaukeln. So hoch, dass ich weit in die Ferne sehen konnte. Vielleicht habe ich mir eingeredet, so besser in der Ferne die Gerechtigkeit für unser Kind zu finden. Schaukeln, um sich in Trance von Freiheit zu begeben. Manchmal wurde ich von anderen Kindern begleitet. Sicher wollten sie mir bei meiner Suche helfen...

Dann werde ich wieder in dieses Büro bestellt.

Vorbei an diesen Büschen, vorbei an diesem Schreibtisch, wo sich Paragraphen und Sorgen dieser Welt sammelten, sitze ich auf dem Platz, wo ich vor Wochen Zeit gegeben habe.

Als ich in das Gesicht von diesem Politiker schaue, wird mir klar: Zeit hat mein Problem nicht gelöst. In wenigen Minuten erklärt mir dieser Mann, dass ich keinerlei Chance hätte. Er sah mich an wie ein hilfloses Kind. Hilflos, nach Verständnis suchend.

Er ringt nach Luft, möchte mir erklären. „Ihr Sohn ist lieber schlecht bei der Mutter aufgehoben als von Mutter und Vater hin und her gerissen.

Bitte verstehen Sie: Ich kann Ihnen nicht helfen!". Ich blicke um mich, möchte losschreien, doch meine Schreie gehen in meiner Fassungslosigkeit verloren.

Was heißt es eigentlich, zu verstehen? Kinder möchten immer alles verstehen, fragend schauen sie uns an. Wir Erwachsenen geben uns die Aufgabe, unsere Kinder zu erziehen. Was bedeutet eigentlich Erziehung?

Das Heranwachsen, bis man unsere Welt verstanden hat? Stehen eines Tages unsere Kinder vor uns und erklären „Wenn ich erwachsen bin, habe ich es euch zu verdanken." Lernen sie dann ein Stück Unabhängigkeit?

Fragen über Fragen drängen sich vor meine Fassungslosigkeit. Ich habe nicht verstanden.

Mir die Hand reichend spüre ich diese Fassade des Politikers. Sie bröckelt.

Draußen taumele ich an diesen schützenden Büschen vorbei. „Alles Fassade", denke ich. Nässe bedeckt mein Gesicht, legt sich wie eines dieser Masken vor das Gesicht. Ich höre noch, wie dieser Politiker mir nachruft. Doch ich reagiere nicht. Sie ersticken im Geschrei meiner Seele. Auf einer angrenzenden Wiese breche ich zusammen, wie diese bunten Kreisel, wenn sie nicht mehr genug Schwung haben... .

Tränen brennen mir im Gesicht... das darf es nicht gewesen sein.. Dieser Geruch von Gras lässt leben spüren... . Leben, in Höhen und Tiefen. Leben mit Schmerz, mit Freude, mit Wechselbädern der Gefühle. Mein Gesicht aus dem Gras aufrichtend schaue ich in die Richtung des Hauses. Dort, wo man mir keine Chance gibt, meine Vaterrolle für beendet sieht.

Lange schaue ich auf dieses Haus. Noch immer steht dieser Politiker vor seiner Tür. Als suche er nach mir. Er wird mich nicht finden. Was in diesem Menschen wohl gerade vorging... ?

Die Nacht weckt mich mehrmals. Geschrei eines Kindes?

Oder bin ich es, wo schreit?

Schweißgebadet laufe ich durch die Wohnung. Dort, wo die Heizung immer ausfällt. Mir die Wärme nimmt, die ich mir früher immer bei unserer Familie geholt habe. Das Gefühl von Zusammengehörigkeit, es fehlt mir. Dieses Gefühl vom Heranwachsen unseres Sohnes, es fehlt mir.

Am nächsten Morgen werde ich geweckt vom ironischen Lachen der Sonne. Nur ein Traum ?

Wieder werde ich aufgefordert, ein guter Clown zu sein. Die Sonne hilft mir dabei. Manchmal verspüre ich Wut. Jeder stellt Erwartungen an mich, wollte Leistung. Kennt eigentlich jemand meine Welt ?

Kennen Sie das Gefühl mit der bloßen Hand in eine Rose zu fassen, die sie mit ihrem blühendem Gesicht anlacht, als wäre alles nur Ironie ? Kennen Sie das Gefühl, weglaufen zu wollen, weg vom Schmerz. Und immer, wenn Sie glauben es geschafft zu haben, steht er der Schmerz wieder vor Ihnen ?

Ich versuche der Aufforderung des Politikers zu folgen...
Zu verstehen. Doch ich verstehe nicht. Ein Teil meines Lebens
will man mir nehmen. Was bleibt ist die Liebe, die Sehnsucht und
die Erinnerung an unseren Sohn.
Ich erinnere mich genau: Wir saßen im Sandkasten und bauten
uns etwas ganz besonderes. Eine Welt ohne Sorgen, ohne Nöte.
Eine Welt, die sich leicht zerstören lässt. Doch wir gingen sehr
behutsam mit ihr um. Oder wenn er im Hotel anrief, weil er mir
von seiner Welt erzählen wollte .All diese Erinnerungen würde
ich am liebsten wiederholen. Ein alter Mann hat mir als Kind
einmal erklärt, dass Erinnerungen das Einzige im Leben ist, was
man einem Menschen nicht nehmen kann.
Ich trage diese Erinnerungen mit mir. Und immer wenn sie so
lebendig werden, wie die Figuren und Märchen in Kinderbüchern,
wird mir bewusst, dass ich nicht aufgeben darf. Ganz gleich, ob
unsere Gesetze eigene Spielregeln haben oder unsere Mütter sich
oft vor ihre Kinder stellen, um sie vor uns Vätern zu verstecken.
Die Zeit fordert mich auf, etwas zu unternehmen, Mut zu
sammeln. Wege zu gehen, abseits von Gesetzen und Regeln. Denn
woher nimmt man die Kraft zum Kampf, wenn die Welt einen
nicht hört, Richter Paragraphen sprechen lassen. Eine Sprache, die
unsere Kinder nicht verstehen.
Und seien Sie mal ehrlich, liebe Leser: Wir Erwachsenen
verstehen doch manchmal unsere eigene Welt nicht mehr. Gut und
böse, Fröhlichkeit und Trauer, Frieden und Krieg, Reichtum und
Armut. Alles so dicht beieinander. Können Sie das immer
unterscheiden?
Wenn ich unserer Welt entfliehen möchte, setze ich mich immer
in die Natur, schaue Gedanken versunken in den Himmel.
Wie ein Kind sitze ich da. Warte, dass vielleicht die Lösung vom
Himmel fällt. Eine Lebenskarte, die mir den Weg zu unserem
Sohn weist. Stundenlang sitze ich, doch keiner reagiert. Warum
wird auf dieser Welt nicht reagiert ? Wer hat hier eigentlich das
Sagen. Wer steuert eigentlich alles? An unserem Arbeitsplatz

bekommen wir Vorgesetzte. Sie sagen uns, was zu tun ist, und wenn wir Glück haben, wird uns noch erklärt, warum wir es tun. Schalten wir den Fernseher ein, überkommen uns Einflüsse der großen Welt. Begleitet von Katastrophen, Erfolgen kleiner und großer Menschen.

Heute ist wieder so ein Tag, wo im Fernsehen Katastrophen gezeigt werden, Sportler ihre Bestleistungen präsentieren. Im Fernsehen reden Politiker von Verbesserung, Veränderung, appellieren an Vertrauen und Macht. Jeder kann sie sehen. Zum greifen nahe. Das sind also die Menschen, wo unsere Welt steuern.

Wie gerne würde ich die Menschen im Fernsehen, die unsere Welt steuern mal nach dem „Warum" fragen. Denn haben Sie schon mal bemerkt: Oft wird es vergessen. Und wir Erwachsenen irren dann durch die Straßen, auf der Suche nach dem „Warum". Warum zeigt eigentlich keiner dieses gelbe Plakat mit dem Kind. Auf dem Mund ein Schild „ Wegen Einsamkeit geschlossen". Diese Frage würde ich gerne stellen. Was meinen Sie, ob man mir diese Frage beantwortet ?

Unseren Kinder geben wir Mut mit auf den Weg, es einfach einmal zu probieren.

Auf einem Blatt Papier beginne ich einen Brief zu schreiben an die Menschen, die unsere Welt steuern. Doch diesmal schreibe ich an die Menschen, die Gesetze für alle Kinder der Welt machen. Ganz gleich ,wo sie wohnen, ob arm oder reich . Gesetze, die uns alle angehen- der Bundestag. Während ich schreibe, frage ich mich, ob dieser kleine Politiker noch immer vor seinem Haus steht, geschützt von Büschen. Er konnte mir meine Frage nicht beantworten. Nun schreibe ich seinen Vorgesetzten, in der Hoffnung, dass man mir erklären kann, warum ich meine Vaterrolle ablegen soll. Ablegen, wie einen Mantel, den man an den Haken hängt.

Mittlerweile ist auf unserer Welt Fasching ausgebrochen. Menschen verkleiden sich, die Welt verkleidet sich, um sich vor

Sorgen und Nöten zu verstecken. Maskenparaden auf den Strassen werden gezeigt, damit jeder sehen kann, wie gut die Fassade unserer Welt ist. Mit dieser Ironie schreibe ich diesen Brief und fordere die Politiker auf, ihre Masken abzulegen, und unverkleidet die Strassen zu betreten.

Mit einem bunten Umschlag verschließe ich den Brief. Die Maske des Briefes; bunt und ironisch. Dabei möchte ich meine Fragen gar nicht verstecken. Schließlich sind es Fragen für alle Kinder dieser Welt. Das geht uns alle etwas an.

In der einen Hand diesen Umschlag, in der anderen unseren Sohn verlasse ich die neue fremde Familie. Doch bevor ich ihn verschicke setze ich mich.

Auf eine Wiese, umhüllt von Wärme, vom ironischen Lachen der Sonne. Der Wind tanzt um mich herum, und hört man genau zu, hört man ein Lied vom Wind summen. Kinder summen auch immer Lieder und lassen sich von der Natürlichkeit begleiten. Zusammen mit der Zeit verweile ich in der Natur und stelle mir vor, wie dieser Brief das Haus erreicht, wo hoffentlich die Politiker nicht vor der Tür stehen, geschützt von Büschen. Geschützt vor Hilflosigkeit.

Die Sonne wird von der Zeit aufgefordert zu gehen und so erhebe ich mich mit meinen Fragen ,um sie in diese ironisch gelben Briefkästen zu werfen. Auf dem Weg dorthin tief summend. Ein Lied, zusammen mit dem Wind. Ja Sie, lieber Leser, beginnen Sie mal zu summen, stellen Sie sich in den Wind.

Sie trauen sich nicht? Warum? Unsere Kinder leben uns doch die Natürlichkeit vor; fern ab von Masken und verkleideten Menschen auf der Strasse.

Da ist er wieder. Dieser gelbe Kasten. Ironisch lacht er mich an. Auf einem Schild kann man die Zeiten ablesen, wann diese Post an die ganze Welt verschickt wird. Und da ist auch wieder die Zeit, die wir Menschen geben sollen. Zeit zur Veränderung, zum Nachdenken und Wachsen.

Im Augenlicht brennt mir die grelle ironische Farbe des Briefkastens, als ich mich abwende .

In der fremden Familie lege ich mich aufs Sofa und versuche mir etwas vorzustellen, weit ab von meinem Kampf. Kraftsammelnde Gedanken, um an Energie zu gelangen. Fantasievolle Bilder erreichen mein inneres Auge.

Fantasie- das ist für Kinder bekanntlich eine leichte Welt. Sie sehen Dinge, wo wir Erwachsenen daran vorbeigehen, im Wahn der Schnelllebigkeit. Kinder dagegen stellen sich in den Sog der Zeit und träumen. Von großen Bäumen, die sie besteigen können. Von Kreaturen ,die Ihre Eltern beschützen sollen, damit ihnen nichts passiert. Sie malen Bilder, zusammengesetzt aus Strichen, Kreisen und erklären uns dann ihre Phantasie .

Wovon träumen Sie eigentlich ? Wenn wir ehrlich sind, träumen wir doch von Reichtum, Urlaub, einem großem Haus. Ich schäme mich ein wenig für diese Träume , denn sie ersetzen nicht die Welt unserer „Kleinen". Und sie sind es doch, die an uns wachsen sollen...

Und ich glaube, es wäre viel wichtiger für uns Erwachsenen, sich in die Träume unserer Kinder zu begeben. Von Ihnen können wir bestimmt etwas lernen...

Kraft gesammelt habe ich mir durch die Vorstellung, mit vielen Kindern die Strassen unserer Stadt mit bunten Farben zu bemalen. Träume auf die Strasse malen. Mittendrin unser Sohn, beschützt von den Kindern und ihren Träumen.

Diese Bilderreisen habe ich oft in den buntesten Farben gemacht, um Kraft zu sammeln. Gedanken sortiert, um einen Weg zu finden.

Sie erinnern sich an die Laternenumzüge, die wir jedes Jahr mit unseren Kindern gestalten? Lichterreihen weisen uns Wege , angeführt von unseren eigenen Kindern.

In Gedanken an diese Laternenumzüge gebe ich wieder Zeit an die ganze Welt. Zeit für die Menschen, die unsere Welt gestalten. Geschützt von Büschen und ihren Bodyguards. Was würden Sie

Ihrem Kind erklären, wenn es die Frage stellt, warum Politiker Bodyguards benötigen. Tun sie etwas Unrechtes ? Oder zeigt es einfach, dass wir nicht immer mit den Wegen einverstanden sind, die man uns weist. Und zur Lösung Gewalt. Komische Lösung, ich denke wir Erwachsenen sind Vorbilder ?

Wochen vergehen, geschützt von Büschen und Bodyguards, bis mich dieser Umschlag erreicht.

Grautöne lassen ihn finster wirken, wie aus einer düsteren Welt. Ein Stempel zeigt die Festung dieser Menschen, die unsere Welt steuern. Wo ist die Ironie geblieben? Mein Umschlag war doch bunt, fröhlich mit traurigem Innenleben. Hat man etwa die Fassade bröckeln lassen ?

Legen Sie das Buch bitte nicht zur Seite, nehmen Sie ihr Kind an die Hand und halten sie es. Ganz fest....

........Die Fassade ist gebröckelt.

In einem seitenlangen Brief erklärt man mir, dass der Weg an dieser Stelle in eine Sackgasse führt. Man kann mir leider nicht helfen, da in meiner Angelegenheit keine Institution des Landes oder des Bundes integriert ist.

Ihnen fehlt gerade die Luft zum Atmen ? Mir auch und wissen Sie, was ich mir wünsche ? Sie haben hoffentlich ihr Kind ganz fest an der Hand ....

Vielleicht haben Politiker deshalb diese schützenden Bäume und Bodyguards, um sich vor ihrer eigenen Hilflosigkeit zu schützen. Ich möchte uns Menschen eine Frage stellen, die bis an dieser Stelle für diese Wege verantwortlich sind, weil wir Kinder als Besitz sehen, oder als Machtmittel einsetzen:

Finden Sie es nicht rücksichtslos, den „Kleinen" dieser Welt soviel Verantwortung zu geben ? Wir Erwachsenen sind schon oft mit unserer eigenen Welt überfordert, und wir geben diese Hilflosigkeit weiter an unser „Kleinen" .... .

Wenn ich uns an dieser Stelle als eines dieser Menschen erkannt habe, lassen Sie uns dieses Buch schließen.

Gehen wir spazieren und schauen uns in dieser Welt um, schauen auf die Kleinen. Was sehen wir da ? Kleine Menschen, die ein Anspruch auf Mama und Papa besitzen ,und wir haben nicht das Recht, eigene Gesetze zu machen.....

Auf der Treppe sinke ich zusammen, halte mich verkrampft an diesem grauen Umschlag. Meine Blicke abgewendet zum Nachbargarten.
Bunte Blumen schmücken die Erde. Bäume ragen in die Höhe, das Grün wird langsam kräftiger, nachdem unsere Welt mit Ihren Masken die schlechten „Geister" vertrieben haben.
Wahrscheinlich sind sie verschwunden, weil sie die vielen Masken nicht länger ertragen. So traut sich dieser Garten so langsam, seine Seele zu zeigen. Dieser Garten sprüht vor Leben.
Kinder zeigen auch ihre Seelen, wenn man sie mit Glauben, Liebe und Zuwendung nährt. Sie haben ihren eigenen Garten.
Vor fast 4 Monaten war ich das letzte Mal mit unserem Sohn in seinem Kindergarten. Die Wände bunt bemalt mit Regenbogen, Blumen, die Sonne lacht diese Kinder an. Kinder spielen zusammen, ganz gleich ,ob arm oder reich. Egal, woher sie kommen. Und wissen Sie , warum diese Kindergärten blühen ?
Sie leben in ihrer Natürlichkeit, in der Kunst von Phantasie und im Glauben, Mama und Papa stehen hinter Ihnen. Doch wir Erwachsenen sind es immer wieder, wo die Blüten in diesen Gärten niedertreten durch unsere Machtspiele, durch unseren Egoismus.
Habe ich uns gerade wieder erkannt ?
Und in all diesem Wirbel von Egoismus verlieren die Menschen, wo unsere Welt steuern ,ihre Macht.
Ihre Umschläge werden grau und keiner weiß so recht, wohin nun die Macht geht.
Geschwächt von diesem Umschlag erhebe ich mich von der Treppe, verliere das Gleichgewicht. Halten kann mich ein

Geländer, während der Umschlag zerknittert wird von dem Aufprall meines Taumelns.

Soll ich wieder in diese fremde Familie gehen, wo immer die Heizung ausfällt? Ich entschließe mich zu einem Spaziergang, so wie Sie gerade, als ich sie aufgefordert habe, nach den Kleinen Menschen zu schauen, wo durch die Strassen gehen, suchend nach ihren Rechten. Und soll ich Ihnen etwas sagen?

Ich sehe viele Kinder, und manche tragen dieses gelbe Schild vor dem Mund" Wegen Einsamkeit geschlossen". Mit jedem Schild verspüre ich ein wenig Wut, gefolgt von der Hilflosigkeit derer, die unserer Welt steuern.

Vor dem Haus meines Freundes bleibe ich stehen, kann mich nicht entschließen, ob ich ihn aufsuchen soll, denn er wird mir auch nur Hilflosigkeit mit auf den Weg geben können..

Ist eigentlich an dieser Stelle der Kampf beendet ? Soll ich aufgeben ?

Was erzähle ich aber eines Tages unserem Kind, wenn es wissen möchte, wo ich solange war ? Außerdem sagt die Liebe zu ihm doch immer wieder: Weitergehen, auch wenn riesige Felsen im Weg stehen. Und manchmal glaube ich, wird man im Leben vor die Aufgabe gestellt, Felsen zu erklimmen, auch wenn man kein Seil hat. Ich denke mir ,an dieser Stelle ist Phantasie gefragt. Unsere eigenen Kinder leben sie uns doch vor, die Phantasie. Sie sind es doch, wo mit ihren gemalten Zeichnungen zu uns kommen, und ihre Welt erklären. Und seien Sie ehrlich, wir sind es meistens, wo vorbeilaufen. Ich fordere Sie auf, liebe Leser, bleiben Sie stehen und malen doch mit ihren Kindern das Phantasiereich. Sie glauben, das nicht zu können ? Fragen Sie Ihre Kinder. Die zeigen es Ihnen......

Mit diesen Gedanken entschließe ich mich doch zu klingeln. Momente vergehen, bis ich durch die Glasscheibe der Haustür die Umrisse meines Freundes erkenne. Er bittet mich herein, und bevor ich die Schwelle übertreten habe, haben wir beide erkannt, das etwas geschehen muss.

Die ganze Nacht sitzen wir unter dem Dach in seinem Zimmer, erleuchtet von vielen Kerzen. Sie erinnern ein wenig an diese Lebenslichter in der Kirche. Doch wo ist die alte Frau mit ihrer weisen Erscheinung ? Wir reden nicht viel miteinander. Es muss etwas geschehen. Auf Wunder darf man nicht warten, denn ich glaube, sie sind unzuverlässig. Aufsehen erregen, wie in der Werbung, wenn unsere Welt daran erinnert wird, dass man etwas neues für uns entdeckt hat. Immer wieder, bis es den letzten erreicht hat. Überall an den Hauswänden, in den Zeitungen, in Zügen, ja überall kann man es doch lesen, diese Werbungen. Erreichen tut man damit die ganze Welt. Ein wenig Euphorie erreicht mich. Nehmen wir an, ich würde auf diesem Wege an die ganze Welt gehen.

Für meine Vaterrolle würde ich werben, und die Welt auffordern, mir den Weg zu ihm zu zeigen. Zu diesem kleinen Jungen, der mich immer wieder gefragt hat, wann ich eigentlich wiederkomme.

Das Gesicht von meinem Freund wirkt vom Kerzenlicht geheimnisvoll. An den Wänden erkennt man ein Schimmern des Lichtes tanzen. Hoffnung und Mut, ihm von meiner spontanen Idee zu erzählen. „Wie soll das gehen ? Man darf nicht einfach mit Plakaten auf die Strasse gehen. Dafür braucht man eine Genehmigung.". Er schüttelt den Kopf während er sprach und durch diese Gestiken, die ihn begleiteten, begann das Licht von den Kerzen immer wilder zu tanzen. Für mich ein Zeichen von Energie und dem Ansporn, es doch wenigstens zu probieren. Aufmerksam machen auf diese Ungerechtigkeit. Je mehr Menschen es erfahren, umso größer die Chance, dass an dieser Ungerechtigkeit gerüttelt wird. Natürlich müssen die Menschen dieser Welt den Mut haben, mit mir zu gehen. Und am besten zeigt man den Menschen diesen Weg zum Mut. Ihnen das vorzuleben, was man verändern möchte. So wie man Kindern etwas vorlebt, um ihnen zu zeigen, wie diese Welt funktioniert. Sie würden sich nicht trauen ? Warum nicht, sie trauen sich doch mittlerweile auch, in den Wind zu stehen und gemeinsam mit Ihren Kindern ein Lied zu summen.

Aber ich glaube, als erstes sollte ich meinen Freund davon überzeugen. Ein Freund, ein Mensch, mit dem man durch dick und dünn geht.

In meinen Gedanken schlendere ich durch unsere Stadt. Strassen entfernt, bleibe ich vor dem Ordnungsamt stehen. Ein Amt, wo man für Ordnung sorgt. Vielleicht meldet man dort solche Dinge an. Und schaut man genau auf diese Plakate, erkennt man sie. Diese Stempel mit dem Vermerk „Genehmigt". Genehmigt vom Ordnungsamt.

Meine Entdeckung begeistert mich, denn mein Freund schaut mich an, sieht mein Schmunzeln im Kerzenlicht. Als ich ihm erkläre , was ich gerade in meiner Gedankenreise entdeckt habe, beginnt auch er zu schmunzeln. Zwei Seelen beginnen zu lachen, als wollten sie das Kerzenlicht im Schein unterstützen. Ich glaube, ich habe ihn gerade überredet.

Mit der gemeinsamen Freude über diese Idee erlischt das Kerzenlicht.

Geweckt am nächsten Morgen werde ich vom Trommeln des Himmels. Es regnet und die Regentropfen prasseln auf das Dachfenster meines Zimmers. Es klingt ein wenig, als wolle er mich auffordern, mich zu erheben. Heute wollte ich mit meinem Freund doch ein Plakat entwickeln. Werbung machen für meine Vaterrolle. Bunt wie Kinderseelen.

Oben als Plakatkopf ein Regenbogen, lachende Sonne und diese roten Rosen, die schmerzen, wenn man in sie greift. Dabei lachen sie uns an .Sie erinnern sich ?

Darunter der Text" Manche Dinge kann man mit Paragraphen lösen, meine Vaterrolle nicht. Und ich fordere die Politik ,die Justiz auf: Ich möchte unserem Sohn ein Vater sein...."

So sehen diese Plakate aus, nachdem wir stundenlang an ihrer Gestaltung gearbeitet haben. Sie tragen wieder diese Ironie. Bunt, in allen Farben, mit der Aufforderung, mir den Weg zu unserem

Kind zu zeigen. Während wir dieses Plakat entwickeln, spüre ich
es. Das Gefühl ,etwas zu tun, weit ab von Justiz und dem Versuch,
mit „Mama" eine friedliche Einigung zu finden. Aber genau in
diesem Projekt sehe ich die Aufmerksamkeit derer, die mir bis
jetzt geraten haben, umzudrehen, oder gar zu resignieren.
Resignieren, weil sie verfolgt werden von ihrer eigenen
Hilflosigkeit.
Mein Freund und ich schauen unserer fertigen Plakate an, und
wieder ist es da. Dieses Schmunzeln, was gestern Abend noch
versucht hat, das Kerzenlicht zu unterstützen.
Eine ganze Weile halte ich es in meinen Händen, bevor wir uns
entschließen, meiner Gedankenreise zu folgen. Den Weg zum
Ordnungsamt zu gehen, um dort die Genehmigung für diese Ironie
zu finden.
Ob mir dieser Weg leicht fällt ? Es macht mir Mut, meine
Vaterrolle nicht aufzugeben. Mut, für die bunte Seele unseres
Sohnes zu kämpfen. Bevor wir sie zerstören.

Der Regen hat nachgelassen .Die tanzenden Ringe in den Pfützen
sind verschwunden. Auf dem Weg zum Ordnungsamt klammere
ich mich regelrecht an diese Plakate. Ein Weg zu unserem Kind ?
Mein Freund, schweigsam folgt er mir. Vorbei an grauen
Fassaden, nass vom Regen. Vorbei an Menschen, mit ihren bunten
Regenschirmen, obwohl das Trommeln des Himmels schon
nachgelassen hat. Gefolgt von meiner Hoffnung. Sie hat nicht
nachgelassen.....
Während des gesamten Weges spricht mein Freund kein Wort.
Und wie wir durch die Gassen schleichen, muss ich feststellen,
das mich genauso die Sprachlosigkeit erfasst hat. Ich glaube, wir
beide sind mit unserem Mut beschäftigt. Etwas zu tun, damit wir
Erwachsenen erwachen.
Dann endlich. Das Ordnungsamt, ausgeschildert durch
goldfarbene Schriftzüge über dem Eingang. Warum die wohl so

leuchten ? Ich nehme es als Aufforderung , durch diesen Eingang das Gebäude zu betreten.

Im Hausgang treffen wir eine große schwarze Tafel an, ausgeschildert mit Aufgabenbereiche und wo sie geregelt werden. Was hier alles geordnet wird ....

Zwei Türen weiter soll es sein. Der Platz, wo man seine Werbung anmeldet.

Ich klopfe an die Tür, und wieder werde ich vom beginnenden Regen durch sein Trommeln unterstützt. Eine energische Stimme bittet uns hereinzutreten. Die Plakate fest in der Hand haltend, drücke ich die Türklinke herunter und stemme meinen Mut gegen die Tür. Sie geht auf. Kaum zwei Schritte hereingetreten , endet der Raum vor einer Reihe von Schreibtischen. Faxgeräte, Computer, Berge von Papier. Mitten in diesem Gewirr Pflanzen. Sie machen den Eindruck, als sollten sie die Unordnung etwas verstecken.

Hier wird also Ordnung gemacht. Eine hagere Frau schaut mich an. Ihre Augen leuchteten im Schein der Schreibtischlampe. Was erkläre ich ihr eigentlich ? Ich brauche Ordnung ? Ordnung für die Kinder unserer Welt ? Eigentlich gar nicht so abwegig, denn schließlich sind es ja unsere Kinder, wo durch die Strassen irren, nach Geborgenheit suchen. Es sind doch unsere Kinder, die nicht verstehen, warum wir Großen oft so kompliziert sind.

„ Ja bitte ?“. Eine genervte Stimme unterbricht meine Gedanken und ich reiche ihr die Plakate zusammen mit meinem Mut. Mein Freund dreht sich weg, als erwarte er jetzt gleich die Aufforderung zu gehen. Ihre Augen wandern das Plakat mehrmals auf und ab. Ich möchte gerade mein Anliegen erklären, als sie mich anschaut.“ Das gibt Probleme .“ Ihre Stimme wird sanfter. Sie mag Kinder. Alle Plakate blättert sie durch. Alle gleich. Immer die gleiche Forderung. Wie bei einer Werbung, wo man uns immer die selbe Geschichte erzählt, bis wir es zum Schluss glauben. „ Das möchte ich erst mit unserem Chef besprechen.“

Da ist sie wieder. Die Bitte Zeit zu geben. Mir kommen Bilder
von unserem Sohn, wo er weinend seine Hände nach mir streckt.
Ob er noch warten kann ? Ich bekomme Wut auf uns Großen.
Denn mit jedem mal, wo ich Zeit gebe, ist unser Sohn derjenige,
wo die Verantwortung für unsere Machtspiele und unseren
Egoismus tragen muss. Das ist doch nicht gerecht. Doch ich halte
inne, denke wieder an diesen Traum, wo der Häuptling mich an
die Hand nimmt, mir Ruhe, Ausdauer und Disziplin lehrt. Das
Gesicht der hageren Frau wirkt entspannter, und man spürt ihre
Unsicherheit." Bitte hinterlassen Sie mir Ihre Telefonnummer.
Sobald ich es geklärt habe, werde ich Sie anrufen !". Als ich sie
frage, wie viel Zeit ich geben soll, zuckt sie die Schulter und
versichert, dass sie es so schnell als bald klären wird.
Ich nehme meinen Mut wieder an mich, drehe mich zu meinem
Freund, dessen verstohlene Blicke mein Gesicht treffen. Im
Hausgang stehend fällt hinter uns die Tür zu. Doch meine innere
Stimme fordert mich auf, umzudrehen. Nochmals mit meinem
Mut die Tür aufzudrücken. Sie öffnet sich ein zweites mal. „ Ich
verlasse mich auf Sie!" Dabei schaue ich dieser Frau tief in die
Augen. Wenn man genau hineinschaut, erkennt man, wie sie
sichtlich mit Ihren Gedanken bei diesen Plakaten ist. Ich vertraue
Ihr.
" Sie hören von mir !". Mit diesen Worten verlässt Sie das Büro
durch eine Seitentür. Diese Frau scheint Auswege zu kennen.
Hoffnung kommt auf. Die Tür fällt wieder in ihr Schloss. Mein
Freund hat den Flur bereits verlassen.
Er steht unter einem großen Baum, geschützt von Trommeln des
Himmels durch die mächtige Baumkrone. Seine Zigarette
zwischen den Fingern, spielt er mit dem linken Fuß im Sand und
zieht mit der Sohle Striche und Kreise. Nachdenklich scheint er in
einer Phantasiewelt zu träumen." Meinst Du, das man es
genehmigt?". Fragend schaut er mich an und ohne Worte erkenne
ich, dass er diese Frage nicht beantworten kann. Diese Stimmung
lähmt uns ein wenig im Weiterlaufen. Der Himmel weint, mein

Freund malt im Sand und ich stehe da mit eines von vielen unbeantworteten Fragen. Verweilen eine ganze Weile, bis wir spüren, dass die Baumkrone dem Trommeln des Regens nicht mehr standhalten kann. Dieser Platz bietet keinen Schutz mehr, und so begeben wir uns auf den Weg zu mir, vorbei an diesen tanzenden Pfützen. Über den Marktplatz mit der mächtigen Kirche. Vor ihrer Tür bleibe ich stehen. Es ist wieder Zeit, ein Lebenslicht zu entzünden. Diese weise ausschauende Frau ist nicht in der Kirche. Doch die Orgelpfeifen spielen in ihrer Klangfülle. Auch heute lassen sich die vielen Lebenslichter von der Klangfülle der Orgelpfeifen nicht beeinflussen. Manchmal stehe ich da und frage mich, ob unser Sohn diesen Kampf spürt. Ein Kampf, uns „Großen" zu Vernunft zu bewegen.

Wieder auf dem Marktplatz , beschließen wir, nun endlich den Weg zu meiner fremden Familie zu gehen. Diesmal haben wir die Wärme der Lebenslichter mitgenommen, falls wieder die Heizung ausfällt. Zuhause angekommen spüre ich die Nässe in meinen Schuhen. Nur mit großer Mühe bekommen wir unsere Schnürbänder auf, die vom Regen durchweicht sind. Ich ergreife das Telefon und setze mich aufs Sofa. Das Telefon direkt neben mir." Hoffentlich dauert es nicht so lange, bis sie eine Entscheidung getroffen hat.". Mein Freund verliert so langsam seine Sprachlosigkeit und auch ich merke, wie sich die Seele aufwärmt. Sie hat Hoffnung.

Unsere Schuhe legen wir mit Zeitungen aus . Mit Nachrichten unserer Welt, damit Sie schneller trocknen, denn irgendwie habe ich im Gefühl, dass sie uns noch weit tragen müssen.

Unseren Kindern bringen wir das Schleifenbinden für ihre Schuhe bei, damit sie sicheren Fußes durch unsere Welt laufen können. Ein Signal- zusammenzuhalten.

Manchmal denke ich über das Zusammenhalten von meinem Freund und mir nach. Eine Freundschaft, etwas sehr wertvolles. Wertvoller als jeder Reichtum. Stolz verspüre ich gegenüber meinen Freund an, wo mich bis heute begleitet hat. Es ist

Dankbarkeit, die ich im Moment nicht ausdrücken kann. Zu viele Einbrüche in der letzten Zeit prägen meine innere Welt. Aber ich werde den Tag finden, wo ich diesen Dank aussprechen kann.

Da ist es. Plötzlich werde ich vom Klingeln aus meinen Gedanken gerissen. Der Hörer klingelt ganz unbeweglich. Ist es die Frau, wo mir grünes Licht erteilt? Darf ich nun Werbung für meine Vaterrolle machen ? Mein Freund wippt ungeduldig auf dem Sofa. „Ja, bitte ?", zittert meine Stimme. Die Anspannung gewinnt an Verkrampfung, als diese hagere Frau mir erklärt, dass man mein Plakat leider nicht genehmigen kann.

Als ich sie nach ihrer Begründung frage, weist sie mich zurück mit der Erklärung, die Stadt würde einem Werbepark gleichen, wenn es jeder so machen würde. Ohne mich zu verabschieden lege ich auf. Erklärungen an meinen Freund sind überflüssig, denn meine Reaktion spricht Bilder. Bilder, die zeigen, dass ich vom Schleier der Hilflosigkeit gefangen bin. Auf meinem Schreibtisch liegt noch das Original. Bunter Regenbogen, diese ironische Rose, angelacht von der Sonne. Unterstützt von meiner Forderung , meiner Vaterrolle gerecht zu werden. Und nun ? Hilflos schaue ich zu meinem Freund, dessen Blicke sich abwenden. Ich glaube, er weiß es nicht.

Was würden Sie eigentlich jetzt tun, liebe Leser ? Würden Sie aufgeben, oder würden Sie mir zustimmen, wenn ich glaube, dass man Kinderseelen pflegen muss wie Blumen, damit sie blühen in allen Farben? Was sollen wir Erwachsenen jetzt tun ? Unternehmen, damit unsere Kinder ihre Lebenssäulen behalten ? Haben Sie vielleicht eine Idee ?

Am nächsten Tag habe ich mich wieder in eines dieser Züge gesetzt, um zu einem Platz zu gelangen, wo mir Nähe zu unserem Sohn gibt. Und innerlich hoffe ich auf eine Lösung, auf eines dieser Lebenskarten, die uns Großen und den Kleinen den Weg weisen.

Eine farbige Frau sitzt mir im Zug gegenüber. Auf Ihrem Arm

hält sie ein kleines Kind. Mit seinen dunklen Augen fixiert er mein Gesicht. Ich könnte meine Maske aufsetzen, und mit ihm Späße machen. Oder ob mich dieses kleine Kind schon erkannt hat ? Ein Grinsen legt sich über mein Gesicht. In der Hand spiele ich mit meinem Schlüssel . Durch das Klingeln meines Schlüsselbundes beginnt diese Kinderseele zu leuchten.
Ja, er greift nach mir, als wolle er zu mir. Wie unser Sohn damals, als er nach mir griff. Weinend hat er nach mir gerufen, wollte mir nahe sein . Die Frau verstärkt ihren Halt, damit das Kind nicht das Gleichgewicht verliert. Manchmal lachen mich Kinder an, die mich anlachen, als wollten sie mir Mutmachen , weiterzugehen. Diese Kinder spüren sicherlich, dass ich auf der Suche nach dem Kinderland bin.

Der Zug wird langsamer und eines dieser gewohnten Plätze rückt näher.
Durch die Strassen schlendernd schaue ich in die vielen Schaufenster. Irgendwie ein komisches Gefühl, am Platz der Nähe so ohne Kind. An dieser gewohnten Kirche angelangt, sehe ich vor dem Eingang diesen großen Brunnen. Beschützt von einem kleinem Wassergraben, wo durch die Stadt fließt.
Dort stand unser Sohn immer und schaute auf die vielen Figuren, wo sich an den Brunnenwänden versammelten. In Messingfarben stehen sie da, und schauen auf die vorbeilaufenden Menschen. Sie wirken bewegungslos, als hätten sie mich erkannt. Und dahinter eines dieser Kirchen. Doch Ihre bunten Fenster sind verdeckt von Baugerüsten. Die Fassade bröckelt.
Merkwürdig, die Zeit läuft unaufhörlich an uns vorbei und nimmt uns immer wieder etwas weg. Und sei es unsere Masken. Immer wieder fordert man mich auf, meinen Kampf zu beenden, ihn versiegen zu lassen durch Zeit.
Glauben Sie, das man durch Zeit sein eigenes Kind vergessen kann? Ausgelöst, weil wir Erwachsenen uns bekriegen, Mächte

ausüben, auf den Rücken unserer eigenen Kinder. Das kann ich doch nicht zulassen.

Ob die Gerüste der bröckelnden Fassade standhalten ?

Als ich an der Tür ziehe, verspüre ich Widerstand. So eine Art Aufforderung, umzudrehen ? Bald merke ich , dass ich zusammen mit meinem Mut gegen diese Tür drücken muss, bis sie sich öffnet.

Begrüßt werden die eintretenden Menschen von der Kälte. Kerzenlichter versuchen verzweifelt etwas Wärme abzugeben. Doch sie verlieren den Kampf. An die Decke schauend sehe ich eines dieser Kronleuchter, wie damals beim Jugendamt.

Und mitten in einer Bankreihe sitzt er.

Ein kleiner Junge, sein Kopf auf die Bank gebeugt. Als ich mich ihm nähere, erkenne ich seine Hände, die mit einem Stift über ein Heft wandern. Sehr behutsam nähere ich mich , damit ich ihn nicht erschrecke. Meine Augen lassen von diesem Jungen nicht los, und innerlich glaube ich die Hoffnung zu spüren, diesen Jungen zu kennen. Unser Sohn ?

Doch als ich mich schließlich zu ihm setze lässt sich eine Enttäuschung über mich nieder. Ich kenne ihn nicht. Von mir nicht abgelenkt kniet er über seinem Heft und schreibt seine Aufgaben für die Schule. Faszination erreicht mich, dass sich ein Kind so einen Ort für seine Aufgaben sucht.

" Kannst Du mir mal helfen ?". Mit leuchtenden Augen schiebt er mir sein Heft zu mit einer Vertrautheit , als würde er mich schon ewig kennen. Meine Augen lassen das Heft verschwommen wirken, denn irgendwie bin ich überwältigt, dass er mir so vertraut und mich „Großen" um Hilfe bittet. Sein Gesicht hat diesen fragenden Ausdruck. „Großer, erklär mir mal !" Leuchtende Augen schauen mich an, begleitet von Vertrauen. In der Schule stellt man ihm die Aufgabe, einen Text durch fehlende Worte zu ergänzen. Am Ende entsteht eine Geschichte... .

" Es fehlt Dir das Wort „Blau", dann heißt der Satz : Die Sonne steht am blauen Himmel." Kaum den Satz beendet ,strahlt mich ein Lächeln an, Mir kommt wieder dieser Gedanke von bunten Kinderseelen. Man muss sie nur mit Aufmerksamkeit, Vertrauen und Zuneigung nähren. Ich schiebe ihm das Heft zurück. Auf gleicher Höhe berühren sich unsere Hände.

„ Danke!". Sein Lächeln füllt mich mit ein wenig Stolz, ihm helfen zu können.

„ Warum machst Du eigentlich Deine Hausaufgaben nicht zuhause ?". Meine Frage lässt das Lächeln verschwinden, nachdenkliche Blicke. „ Ich habe meinen Schlüssel von Zuhause verloren und meine Eltern arbeiten noch ." Ich spürte , dass er Angst hatte, später zuhause aufzutauchen und den Verlust zu erklären. Meine Hand strich über seine Haare. „ Das kann mal passieren..."

Beim Erheben, werde ich irgendwie im Schritt gelähmt. Kann ich ihn nun hier alleine zurücklassen, wo er nicht nach Hause kann? „Vielleicht bleibst Du besser hier , bis Deine Eltern nach Hause kommen. Hier bist Du gut aufgehoben." Er nickte und gab meinem gelähmten Schritt den Mut, nun doch zu gehen. Draußen war es dämmerig geworden, und meine Gedanken versuchen diesem kleinen Jungen Licht zu geben. Doch als ich mich nach der Uhrzeit durchgefragt habe, wird mir klar, dass der Junge nicht mehr lange warten müsse. Die Zeit meinte es gut mit ihm.

Tagelang ging mir dieser Junge nicht mehr aus dem Kopf. Mit welcher Ruhe er da in der Kirche saß, obwohl man an ihrer Fassade arbeitete, wo anfing zu bröckeln.

Zuversicht erreicht mich, nach einem neuen Weg zu schauen, auch wenn überall Fassaden bröckelten, sie von der Nässe des Regens durchweicht sind. Oft laufe ich durch die Gassen, schaue mir die Menschen und die Hauswände an. Was sich wohl hinter diesen vielen Wänden verbirgt?

Mit dieser Frage habe ich mir Tage später die Aufgabe gegeben, hinter die Fassaden des Jugendamtes zu schauen. Bisher kannte ich dieses Amt immer nur vom Briefwechsel, weil man uns Gespräche anbot. Wir Eltern hätten besser miteinander reden sollen...

Manchmal schreibt man mir, weil sich die Höhe des Unterhaltes ändert. Und jedes Mal besteht der Briefkopf aus einem Wappen und dem Glückwunsch, das Jugendamt würde nun seit 25 Jahren bestehen. Vielleicht ein Zeichen, dass man hier schon viel erreicht hat. Erreicht mit Hilfe von Zeit.

Fenster geben dem Gebäude den notwendigen Halt. Also ich denke, hier kann man nichts verstecken, denn jeder kann hineinschauen.

Hätte ich vielleicht vorher anrufen sollen ? Doch vielleicht hätte man dann doch etwas versteckt. Und sei es die Hilflosigkeit. Im Hausgang erreicht mich eine Flut von Licht. Diese ganzen Fenster glänzen ein wenig vor Freiheit. Und da ist sie wieder. Diese Tafel, wo man informiert wird, in welchem Raum wir Großen uns einfinden müssen. Doch nirgends sehe ich die Aufschrift für die Vaterrolle. Bin ich hier nicht richtig ?

Ich steige die Treppen empor, um mich von Tür zu Tür vorzutasten. Überall kleine Schilder vor den Türen, keiner versteckt sich, sondern beschreibt auf seinem Schild, welche Aufgabe er hat. Ich habe große Schwierigkeiten ,mich zu orientieren . Wie wird es wohl den „ Kleinen „ hier gehen, schließlich ist dieses Gebäude für sie einmal geschaffen. Und das schon seit vielen Jahren, geprägt durch ein Wappen auf dem Briefkopf. Nach langem Suchen endlich die Erlösung. Eine Frau ist für unseren Sohn zuständig. Sie hat diese Tür geöffnet. Kraft strahlt sie aus. Auf einem Stuhl niedergelassen, schaue ich mich um. Windspiele tummeln sich an der Decke . Auf dem Boden in der Ecke liegen Plüschtiere, dicht beieinander. Hier muss vor kurzem ein Kind gewesen sein, denn auf dem Boden sind Holzklötze verteilt, jede Seite hat eine andere Farbe.

„Was kann ich für Sie tun?". Von ihrer sanften Stimme werde ich aus dieser Kinderlandschaft herausgerissen. So bunt wie die Seiten der Holzklötze beginne ich ihr zu schildern, warum ich zu ihr gekommen bin, und versuche dabei einen nüchteren Eindruck abzugeben, halte meine Maske ganz fest. Während ich erzähle, macht sie sich Notizen. Ihre Gesichtszüge verkrampfen sich und für kurze Zeit kommt mir dieses Bild von der weise ausschauenden Frau aus der Kirche.

" Haben Sie schon mal probiert, mit der Mutter Ihres Sohnes zu sprechen ? Sollen wir Sie mal zu einem gemeinsamen Gespräch einladen ?" Überwältigt von ihrer eigenen Idee greift sie zum Telefonhörer." Haben Sie Ihre Nummer im Kopf ?" „Aber das haben wir doch alles schon probiert", denke ich . Hat sie keine andere Idee ? Bald erkennt sie, das dieser Weg falsch ist. Energisch wird sie von der Frau zurückgewiesen, mit der ich jahrelang zusammengelebt habe. Wir haben uns mal geliebt. Diesen Ausdruck von Hilflosigkeit, ich kann ihn nicht mehr sehen. Doch ich glaube, eine andere Lösung hat sie nicht .

„ Ich werde sie mal persönlich aufsuchen, vielleicht hilft das mehr.!" Trost ausgesprochen, reicht sie mir die Hand. Ob sie merkt, dass ich darin keine Hoffnung mehr sehe ?

Die Lichtflut begleitet mich aus dem Jugendamt. Sie blendet ein wenig und ich muss darauf achten, dass ich nicht die Treppe herunterstolpere. Die Frau folgt mir mit einem Blatt in der Hand. „ Über Ihre rechtlichen Möglichkeiten sind sie informiert ?" Hier scheint man wirklich nichts zu verstecken, denn auf dem Treppenabsatz ergreift sie erneut unser Gespräch. An uns vorbei Mitarbeiter, andere „ Große". Haben sie auch ein solches Anliegen ? Doch diese Frage irritiert mich, denn ich dachte bis zu jenem Moment, man wäre über unsere gerichtliche Hürde informiert. Als ich ihr diesen Weg erzähle schaut sie auf den Treppenabsatz. „ Vielleicht war es gut, das sie das Verfahren eingestellt haben. Damit kann man manchmal den Müttern Bereitschaft zur friedlichen Lösung signalisieren.

Aber sie klang am Telefon sehr aggressiv. Nun warten wir mal mein Gespräch mit ihr ab. Vielleicht kommt sie ja zur Einsicht. Wenn nicht, wird es schwierig, denn unsere Gesetze haben zwar das Recht auf Umgang geschaffen, aber viele Mütter wehren sich mit allen Mitteln trotz ein bestehendes Recht. Und Sie haben immer noch die Pflicht zu beweisen, dass der Umgang mit Ihnen dem Kindeswohl dient." Sie reicht mir nochmals die Hand. Diesmal wirkt es, als hätte sie mir gerade eine neue Aufgabe gegeben.

Vor dem Jugendamt stehend, drehen sich Gedanken in meinem Kopf. Wie diese Kreisel. Ich soll beweisen, dass der Umgang dem Kindeswohl entspricht.

Wie man sich fühlt? Wie ein Verbrecher. Wie ein Vater zweiter Klasse.

Ist es denn ein Verbrechen, Verantwortung für seine Vaterrolle zu übernehmen? Wut bricht in mir aus und diese Energie hätte ich am liebsten verwendet. Verwendet, um einen Sturm von Vatergefühlen loszuwerden. Gefühle, die man nicht einfach abstellen kann.

Doch schnell kommt die Ernüchterung. Denn unser Sohn kann diese Vatergefühle nicht empfangen. Ich soll es erst beweisen. Beweisen, dass ich gut für unser Kind bin. Beweisen, dass unser Sohn unter den Spannungen zwischen uns „Großen" nicht leidet.

Da sind wir wieder. Wir „Großen" mit unserem Egoismus, mit unseren Machtspielen. Und ich möchte diese Zeilen dazu benutzen, uns „Großen" aufzufordern: Hören wir auf damit. Dazu haben wir kein Recht ... .

Ich laufe über diese Brücke, die mich auf dem Hinweg zum Jugendamt geführt hat. Vielleicht ein Weg...... .
In der Jackentasche diesmal nicht die Welt, wie Kinder es vielleicht vorschlagen würden, sondern die Aufgabe zu beweisen, dass der Umgang zu unserem Kind gut für ihn ist. Aber wie? Vor

dem Gericht wurde ich mit Vorwürfen konfrontiert, die mich gezwungen haben, juristisch zurückzutreten. Zurücktreten, wie ein Politiker, wenn er von uns Menschen in einen Sog von Gerüchten getrieben wird.

Und unsere Politiker treten zurück, um sich und Ihre Person zu schützen.

Ich bin ein Vater, eine Lebenssäule, wie Sie vielleicht.

Auch ich bin ins Gerede gekommen. Und vor dem Gericht damals habe ich in Gedanken unseren Sohn an die Hand genommen und ihm versprochen, für sein Recht zu kämpfen. Und mittlerweile fehlt mir die juristische Unterstützung.

Von Tag zu Tag entfernt sich die Nähe zu unserem Kind. Was denkt eigentlich ein Kind? Sitzt er vielleicht wie diese Politiker vor der Haustür, in der Hoffnung, eines Tages kommt der Papa auf den Hof gelaufen? Oder wird er von Enttäuschung beschattet, im Glauben, ich hätte ihn im Stich gelassen...?

Seien Sie mal ehrlich, liebe Leser, kennen Sie nicht auch das Gefühl, laut losschreien zu wollen? Und jedes Mal, wenn sie Luft holen, erstickt ihr Schrei im Innern.

Sagen Sie nicht, sie würden es nicht kennen. Ich würde es Ihnen nicht glauben....

Dieser Gedanke, unser Sohn könnte Enttäuschung über meinen Verlust spüren mit dem Glauben, ich wolle ihn womöglich nicht mehr, macht mich rasend. Es brennt in mir und diesen inneren Brand muss ich löschen. Denn bereits nachts sind sie da. Diese Rufe von Kindern in der Nacht, wo ich nicht mehr nachvollziehen kann, ob nicht ich es bin, wo nach unserem Sohn schreit.

Wochen vergehen. Mittlerweile ist wieder Herbst. Und diese Brücke zum Jugendamt wird von gelben Blättern zugedeckt. Manchmal laufe ich diesen Weg ab zum Jugendamt. Und wissen Sie, was passiert, wenn man mit seinen Schuhen diese gelben Blätter hoch wirbelt? Sie leuchten. Ja, sie weisen Ihnen den Weg zu jenem Amt, wo man vor lauter Glas fast durchschauen kann.

Aber seit Wochen meldet sich diese Frau nicht mehr bei mir.
Vielleicht erwartet sie, dass ich vor dem Gebäude stehend durch
die Scheiben schaue und mir die Antwort selbst hole. Schließlich
kann man dort bei so viel Glas nichts verstecken.
Ich laufe oft wie ein kleines Kind durch diese gelben Blätter.
Diese Farbe strahlt Hoffnung aus, dass sie sich vielleicht doch
noch meldet.

Nach insgesamt 6 Wochen dann eine Stimme am Telefon. Diese
Frau aus dem durchsichtigem Gebäude erklärt mir, dass es ihr
trotz mehrfacher Versuche nicht gelungen ist, die Mutter unseres
Sohnes zum Umgang zu bewegen. Und sie schildert, dass sie ein
wenig spürt, wie diese Seele der Mutter wieder ihre Blätter fallen
lässt. Es ist Herbst.

Und auch ich spüre, wie meine Kraft etwas nachlässt. Erst gestern
habe ich mir eine Marionette für meine Zimmerdecke gekauft . Es
ist ein Clown. Er erinnert mich an meine Rolle als guter Clown.
Lachen und Weinen gleichzeitig.

Meine Kräfte verlassen mich. Und manchmal glaube ich diese
Stimme von meinem Rechtsanwalt zu hören. Ich habe keine
Chance.

Erst heute habe ich wieder versucht, bei unserem Sohn anzurufen,
doch die Seele der Mutter wies mich zurück. Sie möchte keinen
Kontakt mehr.

Wieder ist sie da, die Frage, ob ich aufgeben soll. Aber wie sollen
unsere Kinder auf dieser Welt bestehen, wenn wir Erwachsenen
sie laufen lassen? Laufen lassen, weil wir überfordert sind.

Oftmals wird mit unseren Kindern im Kindergarten gepuzzelt-
eine Welt entsteht, zusammengesetzt aus vielen Teilen. Erst am
Schluss erkennt man das Bild. Und wir Erwachsenen sind es doch,
die es immer wieder zerstören- dieses Bild.

Unsere Kinder aber brauchen dieses Bild und unsere Aufgabe ist
es unter anderem, dieses Bild zu schaffen, gefestigt von Glauben
und Geborgenheit.

Meine Frage zerfällt schnell in sich. Ich darf nicht aufgeben.

Ich suche nach Kraft, laufe durch diese Blätterdecken. Das Leuchten der Blätter ist verschwunden. Sie sind mittlerweile braun und die Wege werden von einer Triste überdeckt, die mir Angst macht. Habe ich den Weg verloren ?

Welchen Weg geht man eigentlich, wenn man überall auf Widerstand stößt ? Haben Sie vielleicht eine Idee ?

Tage vergehen, und mehrmals am Tag laufe ich an diesem Clown vorbei, wo an meiner Zimmerdecke hängt. Er lacht mich an, als wolle er nicht verstehen, wie es in mir aussieht. Manchmal sitze ich dann an meinem Schreibtisch und male auf einem Zettel, begleitet von der Suche nach einer Lösung. Bis ich wenige Tage später dieses Blatt in der Hand halte. Bereits vor Wochen habe ich mit meinem Freund diese Plakate gemacht, wollte Werbung machen für meine Vaterrolle. Und diese Frau war es, wo ich glaubte, Auswege zu kennen, die mir dann erklärte, dass man mir diesen Weg untersagte.

Aber sagen Sie, liebe Leser, was würde eigentlich passieren, wenn ich es doch tun würde ?

Unseren Kindern wird in Wohngebieten durch Verbotsschildern signalisiert, dass sie hier nicht Fußballspielen dürfen. Es wird ihnen verboten, auf dem Rasen mit dem Fahrrad zu fahren. Wir Erwachsenen setzen Ihnen Grenzen. Wo sind eigentlich die Grenzen von uns Erwachsenen ?

Dieses Plakat leuchtet mich an, unterstützt vom Lachen des Clowns an der Zimmerdecke. Soll ich diese Grenze überschreiten? Unsere Kinder werden bestraft, wenn sie ihre Grenzen überschreiten. Sie lernen aus diesen Zurechtweisungen. Vielleicht lerne ich auch aus einer Maßregelung . Vielleicht muss man mich als „ Großer" zurechtweisen, damit ich einen neuen Weg kennen lerne ...

In meinen Gedanken versuche ich mir vorzustellen, wie es aussieht, wenn überall diese Werbung hängt. Werbung für eine Vaterrolle. Sie sind in der gleichen Situation wie ich ? Was halten

Sie davon, wenn Sie auch ein Plakat entwickeln und werben für
Ihre Rolle... ?

In der nächsten Zeit lässt mich diese Idee nicht zur Ruhe kommen
und wieder stehe ich da, kann meine Euphorie nicht bremsen und
beginne die Idee meinem Freund zu erzählen. Hätte ich Kerzen
um ihn herum aufgebaut, würden sie jetzt vor Gestiken tanzen.
Tanzen, als wenn man Pusteblumen den Himmel zeigt.

Doch nach einem kurzem Tanz ist er begeistert, und gleichzeitig
beginnt es in uns zu kribbeln. Die Angst zeigt sich in den
buntesten Farben .

Diese Plakate, dieser Clown und die Liebe zu meinem Sohn haben
gesiegt. Unsere Angst wurde zu einem Fluss von Motivation.

Noch bevor wir diese wichtige Werbung machen, sitze ich an
meinem Schreibtisch und schreibe wieder an diesen kleinen
Politiker. Ein Strom von Fragen und Forderungen fegen über das
Blatt. Ich spüre, damit wird er nicht einverstanden sein.

Dazu habe ich ihm ein paar Plakate gelegt mit der Forderung, mit
den anderen Politikern auf die Strasse zu gehen und für ihre
eigene Politik und Überforderung Werbung zu machen. Innerlich
habe ich immer wieder gehofft, mein Mut würde mich nicht im
Stich lassen. Denn viele haben mich bereits verlassen. Aus Angst,
sie müssten ohne Masken auf die Strasse gehen.

Zugeklebt habe ich den Umschlag mit einem Klebestift. Um diese
Forderungen für sich im Umschlag zu halten, lesbar nur für diesen
Politiker. Er wird ihn öffnen können. Schließlich kennt er mein
Problem.

Dann ist es soweit. Wir sitzen an unserem Kopiergerät und
wiederholen meine Werbung. Immer wieder kommt ein neues
Plakat aus dem Gerät . Die bunten Farben auf den Plakaten
leuchten. Unsere Nervosität steigt mit jedem gedrucktem Plakat.
Noch können wir umdrehen....

Doch wann sollen wir diese Werbung machen? Am Tag, wenn
uns jeder sehen kann, fern ab von Masken und Versteckspiel?
Doch vielleicht folgt uns jemand.

Mitbekommen würde diese Werbung dann nur ein einzelner. Ich sollte aber an die ganze Welt, für jeden lesbar.

Schließlich entschließen wir uns , die Plakate in der Nacht zu verteilen. In der Nacht können diese Plakate sich dann an ihren Platz gewöhnen, uns Erwachsenen durch ihre leuchtende Farben den Weg weisen. Denn wer weiß, wie lange sie dort hängen werden.

Der Tag will nicht vergehen. Nachmittags schreibe ich meinem Rechtsanwalt noch eine Mitteilung. Die Forderung, sein Mandat niederzulegen. Ich fühle mich von ihm im Stich gelassen, hatte in der Verhandlung keine Worte gefunden. Ich möchte ohne ihn kämpfen.

Minuten kommen mir vor wie Stunden. Kurz vor Einbruch der Dunkelheit klingelt das Telefon. Hat man mich bereits erkannt, und wollte mich daran erinnern, dass ich diese Werbung nicht machen dürfe?

Man hat sich verwählt.

Stunden später, die Dunkelheit legt sich über unsere Stadt. Meine Plakate habe ich in Umschläge gemacht, aber diesmal gehe ich nicht zu diesem ironisch leuchtenden Briefkasten.

Er kann diese Botschaft nicht übermitteln.

Liebe Leser, wie weit sind Sie ? Ist Ihr Plakat fertig ? Können wir losgehen ?

Nebel hat sich über die Stadt gelegt. So wird man uns nicht so einfach erkennen.

Im Auto sitzend beschließen wir, zuerst zur Kanzlei meines Anwaltes zu fahren. Der Nebel folgt uns durch die Strassen. Die leuchtenden Plakate habe ich unter meinem Sitz versteckt. Damit man uns nicht folgt....

Vor der Kanzlei spüre ich die Angst im Nacken. Unter dem Sitz die leuchtenden Plakate und meine Forderung, sein Mandat niederzulegen. Die Farbe meiner Kleidung habe ich der Nacht angepasst. So wird man mich nicht erkennen....

Der Nebel empfängt mich, als ich die Tür des Wagens öffne. Auf dem Weg zur Eingangstür legt er sich über mich wie dieser Schleier von Trauer, etwas wichtiges in meinem Leben aufgeben zu sollen. Unseren Sohn...

Er gibt mir Sicherheit.

Doch dann erfasst mich die Furcht. Die Strahler am Eingang verdrängen beim Betreten der letzten Stufe den Nebel. Man kann mich sehen....

Gibt es noch ein Zurück ? Im Hintergrund höre ich meinen Freund, wie er mich auffordert, zurückzukommen.

Doch eine innere Stimme erklärt mir, ich solle weitergehen. Sie klang ein wenig wie die Stimme im Gerichtssaal.

Mit zittrigen Händen greife ich in meine Jackentasche und hole Klebeband heraus.

Zittern wie ein Tanz um Gerechtigkeit . Ich suche nach Ruhe und irgendwie fällt mir ein Spruch ein: Phantasie ist wichtiger als Wissen. Denn Wissen ist begrenzt.

Ich weiß, dass ich etwas verbotenes tue.

Dieser Spruch verleiht meiner Angst eine Kraft.

Kraft , eines dieser vielen Plakate am Eingang zu befestigen. Dazu klebe ich meine Mitteilung.

Sagen Sie, liebe Leser: Soll ich Ihr Plakat daneben hängen. ?

Der Eingang wird hell erleuchtet von meiner Forderung und nach kurzer Zeit spüre ich es.

Meine Angst ist verschwunden. Vielleicht hat sie der Nebel davon getragen.

Ich drehe mich um, steige die Treppen herab und sehe in der Ferne zwei Lichter auf uns zu kommen. Wer ist so spät noch unterwegs ? Ist man uns gefolgt ?

Ich haste ins Auto, und durch die Tür drängt sich der Nebel in den Wagen. Ich hoffe, dass man mich nicht erkannt hat.

Kaum losgefahren, drehe ich mich um. Da hängt es, mein Plakat. Das würde ich jetzt gerne unserem Sohn zeigen.

So hängen wir in der Nacht an Zeitungen, Schaufenstern meine Plakate. Man kann ihrem Leuchten folgen , sieht genau, wo wir überall waren. Gefolgt vom Nebel.

Ein Plakat hänge ich in dieser Nacht an die Praxistür von dem Kinderarzt unseres Sohnes.

Mit jedem Plakat steigt die Kraft in mir . Fast wie eine Sucht spüre ich, es nicht mehr stoppen zu können. Die ganze Stadt ist mittlerweile von meiner Werbung überschattet. Das letzte Plakat klebe ich an die Eingangstür von der Mutter unseres Sohnes.

Und soll ich Ihnen etwas anvertrauen ? Dieses Plakat fiel mir am schwersten. Denn hinter dieser Tür schlief er gerade. Dieser kleine Junge, wo händeringend nach mir weinte. Wie es ihm wohl geht ? Aber ich habe es mit größter Sorgfalt befestigt. Es darf nicht abfallen. Unser Sohn braucht Halt.

Auf dem Rückweg sprechen wir kein Wort. Ich versuche zu begreifen, was ich da gerade getan habe.

Und ich möchte an dieser Stelle meinem Freund danken. Danken, dass er mitgekommen ist....

In der Nacht bricht in mir wieder diese Wut aus. Wut über uns „Großen", die sich in Machtspielen und Egoismus üben. Muss man erst diesen Weg gehen ? Wir hätten besser miteinander reden sollen....

Stunden später werde ich vom Morgen erdrückt. Soll ich aufstehen? Was mache ich, wenn man mich heute auf der Strasse erkennt ?

Ich muss aufstehen, meine Clownrolle erwartet mich.

Auf dem Weg zur Arbeit schleiche ich durch kleinste Wege, in der Angst, meiner Forderung zu begegnen.

Meine Blicke schweifen an den vorbeilaufenden Menschen vorbei, als erwarte ich jeden Augenblick von ihnen angesprochen zu werden. Sie hätten mein Plakat gesehen.
Bei der Arbeit trage ich wieder diese Maske, und ich glaube mir einzureden, man würde mich so nicht erkennen. An sich komisch, denn an sich wollte ich doch erkannt werden. Aber wie reagieren die Menschen, wenn man etwas verbotenes tut.

Hätten Sie das auch getan ?

Vielleicht ist es die ungewisse Reaktion der Menschheit, die mich etwas verunsichert. Denn schließlich hat bis heute niemand reagiert.
Spätestens am Nachmittag sollte sich dies ändern. Die Stimme meines Rechtsanwaltes ist am Telefon. Er hat meine Botschaft erhalten.
Eine Flut von Enttäuschung erfüllt mich. Der Vorwurf, ob ich mir einrede, so mein Ziel zu erreichen. Kann er das wirklich beurteilen? Mit ihm zusammen habe ich mein Ziel doch auch nicht erreicht. Ich spürte, wie er am Telefon kämpfte, um mich davon zu überzeugen, die nächste Gesetzesänderung abzuwarten. Doch ich möchte nicht mehr warten. Ja, ganz ehrlich, ich kann nicht mehr warten. Denn jeder Tag , wo ich von unserem Sohn getrennt werde, kostet Kraft. Ob unser Sohn schon größer geworden ist?
Wenn ich manchmal Kindern begegne, frage ich sie nach ihrem Alter. So kann ich mir ein Bild machen, wie groß er heute ist. Und hört man den Kindern genau zu, kann man so gar heraushören, was er in seinem Alter denkt. Anrufen kann ich nicht mehr. Die Seele der Mutter möchte keinen Kontakt.
So habe ich immer ein Bild von ihm. Getragen von der Hoffnung, ihm eines Tages gerecht zu werden.

Auf dem Weg nach Hause wurde ich von der Dunkelheit begleitet. Nun besaß mich wieder der Mut, diesen Weg abzulaufen, den ich gestern Nacht durch meine Plakate zum Leuchten gebracht habe. Und mit Enttäuschung musste ich feststellen, dass mein Rechtsanwalt der einzige war, wo reagiert hat. Die Strassen wurden nur noch von ihren Laternen beleuchtet. Aber warum hat er damals nicht reagiert? Und wo sind nun all diese Plakate ?

Liebe Leser, haben Sie welche gesehen ?

Schon merkwürdig; werben wir für ein neues Waschmittel, eine neue Biersorte oder für ein neues Lebensmittel, kann es jeder lesen. Werben wir „ Großen" für Verantwortung, ziehen wir Erwachsenen uns oft zurück, wollen von allem nichts wissen. Bei diesem Gedanken überkommt mich diese Wut. Diese Energie, ich hätte sie gerne verwendet, um etwas zu unternehmen.....

Wochen später kommt man mir entgegen. Diese Frau aus dem glasigem Gebäude, wo für ihr Jubiläum geworben haben, bestellt mich telefonisch in ihr Büro. Irgendwie klang sie aufgebracht. Dabei habe ich überhaupt keine Plakate an ihrem Gebäude angebracht.
Wochen später dann dieser Termin. Man kann meinem Weg folgen bis über diese Brücke zu dieser Frau. Ich werde gefolgt von meinen eigenen Fußabdrücken. Es ist Winter.
Mit jedem Schritt knirscht der Schnee wütend unter der Last meines Körpergewichtes. Schwermütig, kraftlos wie ich bin. Ich glaube, er spürte es.
Der Türgriff war eiskalt und die Scheiben von Eiskristallen beschlagen. Ihre Durchsichtigkeit war verschwunden. Im Hausgang wurde Licht gewonnen durch farbenfrohe Bilder vieler Kinder. Ob unser Sohn hier auch schon gemalt hat ?
Die Decke, wo im Herbst vom Himmel erleuchtet war, wurde von einer Schneedecke bedeckt. Hoffentlich bricht sie nicht ein. Diese

Fassade durfte nicht bröckeln, schließlich ist dies das Haus für die Kinder unserer Welt, unserer Zukunft....

Nur ihr Schild war noch wie damals. Diesmal öffnete sie mir die Tür. Bereits vorm Schließen ihrer Bürotür merkte man, dass ihr Gemüt ebenfalls von einer Kälte heimgesucht wurde. Hatte sie meine Plakate entdeckt ? Ihre Finger durchstöberten einen Stapel Papier. Zum Vorschein kam ein Brief. Ich streckte meine Hand ihr entgegen , doch sie wich zurück. „ So geht das nicht ! Glauben Sie wirklich , dass sie so ihren Sohn zu Gesicht bekommen ?"

Sie las mir einen Brief vor, in dem man mir mitteilte, dass der Kinderarzt sich auf dem Jugendamt eingefunden hatte. Zusammen mit diesem Plakat hat er die mit Kälte bedeckten Gänge beleuchtet. Er hat um Unterstützung gebeten.

Ich glaube, sie erwartet Reue und Einsicht von mir. Man hatte mich erhört. Und in diesem Moment wäre ich diesem Arzt am liebsten um den Hals gefallen. Er hat reagiert.

Mein Blick wurde klarer, unterstützt von innerer Begeisterung, etwas bewegt zu haben.

Wie sich das anhörte" zu Gesicht bekommen". Früher habe ich mit unserem Sohn Drachen steigen lassen mit einem Gesicht aufgemalt. In die Luft haben wir sie geschickt, um von oben die Welt zu betrachten. Betrachten, wie wir „Großen" und „Kleinen" durch die Stadt irren. In der Hoffnung ,der Geborgenheit zu begegnen. Und ihre Gesichter waren bunter wie manchmal unser Alltag.

In den Armen will ich ihn halten, ihm Liebe geben, so wie er es verdient. Mit ihm Burgen bauen, ihm Geschichten von Kreaturen erzählen, die unser Welt beschützen. Will sie das nicht verstehen ?

Sie ermahnt mich, dieser Weg würde mich in die falsche Richtung schicken. So würde ich mein Ziel nicht erreichen.

„ Haben Sie eine andere Idee ?". Meine Blicke trafen mit einer Härte ihr Gesicht, dass sie wegschaute. Aus dem Fenster schaute sie, als würde draußen die Lösung in den Bäumen hängen.

Ich erhob mich, in der Hand den Türgriff." Lassen Sie solche
Aktivitäten. Sie lösen bei der Mutter nur Aggressionen aus".
Sie wollte nicht verstehen. Mittlerweile haben friedliche
Gespräche nicht geholfen, die Seele der Mutter will und vielleicht
kann sie das nicht verstehen.
Wortlos verlasse ich das Büro, im Flur diese leuchtenden Bilder.
Vielleicht sollte ich von außen noch meine Werbung dazuhängen.
An jede Scheibe ein Plakat. Doch diese Idee fiel draußen bereits
zu Boden, gebettet im Schnee. Ich möchte meine Hoffnung in das
Haus der Kinder nicht verlieren.
Doch im Moment reicht die Hoffnung in dieses Haus nicht aus,
denn irgendwie war diese Frau sichtlich erregt und verstand nicht,
was es bedeutet von Leib und Seele getrennt zu werden.
Durch diesen wütenden Schnee gehe ich. Der Boden Schnee
bedeckt. Bleibt man zu lange auf einer Stelle stehen, droht die
Welt zu schmelzen- Es muss etwas geschehen, Bewegung
eintreten.
Wenn man genau auf den Boden schaut, erkennt man die
Abdrücke vieler Menschen. Wohin die wohl alle laufen, gehetzt
von Zeit, Pflichten und Verantwortung?
In den Geschäften wurden die ersten Weihnachtsartikel gepriesen.
Werbung, die jeder sehen kann.
Bald ist es soweit. Dann sitzen wir „ Großen" wieder unter dem
Weihnachtsbaum und erzählen den „Kleinen" Geschichten vom
Weihnachtsmann und vom Christkind.
Trauer legt sich über meine Gedanken... . Wer sitzt eigentlich mit
unserem Sohn unter einem Baum? Die Mutter? Welche
Geschichte erzähle ich ihm ?
Warum liebe Leser, gehen wir Erwachsenen dazu über, unseren
eigenen Kinder ihre Geschichten zu nehmen ? Ist das gerecht ?
Können wir nicht zumindest zu dieser Zeit unsere Waffen
niederlegen, uns gemeinsam unter diesen Baum setzen. Sollten
wir nicht Verantwortung dafür übernehmen, unseren Kindern
gemeinsam Geschichten zu erzählen ?

Das sind wir unseren Kindern schuldig.

Tage vergehen, ohne das etwas passiert. Dann kurz vor Weihnachten dieser Brief. Dieser kleine Politiker vor seinem Haus hat reagiert. Wütend war er über meine Aufforderung, mit seinen Politikern auf die Strasse zu gehen und zu werben.

Er gab mir zu verstehen, dass er glaubte, ich hätte seine Gesetzeswelt verstanden. Mit politischem Eifer erklärt er mir die Gesetzessituation noch einmal. Versucht er mich zu beruhigen, und verweist mich darauf, dass man nicht immer Vater und Mutter gerecht werden könne. Wut stieg auf, denn er schien nicht zu begreifen, dass es nicht um uns Erwachsenen geht.

Unserem Sohn wird man doch nicht gerecht. Unser Sohn ist es doch, wo immer wieder fragte, wann ich nun endlich zu ihm komme. Wie lange wird er das noch fragen ?

Ich sitze an meinem Schreibtisch und wähle seine Nummer. Die Telefonnummer unseres Sohnes.

Die ironisch klingende Stimme der Mutter war am Telefon. Sie klingt zynisch.

Im Hintergrund höre ich seine zittrige Stimme. Er möchte wissen, wer am Telefon sei. Ihre Antwort, „Den kennst Du nicht!" .

Dieser Satz hat mich getroffen. Ist es schon so weit? Kennt er mich wirklich nicht mehr ?

Wo sind wir Erwachsenen, wenn die Verantwortung an der Tür steht? Wenn Ungerechtigkeit an der Seele kleiner Kinder rüttelt?

Ich möchte eigentlich nur den Vorschlag machen, uns unter eines dieser Weihnachtsbäume zu setzen und gemeinsam unserem Kind eine Geschichte zu erzählen. Das Gefühl geben, Wärme umgibt ihn.

Doch es macht keinen Sinn. Beschimpfungen, Aggressionen erreichen meine Ohren. Ich muss auflegen. In Ruhe soll unser Kind Weihnachten erleben, ohne Streit.

Versuche, mir vorzustellen, ohne unserem Sohn unter diesem Baum sitzen, scheiterten. Ich habe Angst, er wird es nicht verstehen. Wie auch, wir Erwachsenen verstehen es doch selbst

71

nicht. Aber wenigstens möchte ich ihm zu verstehen geben, dass ich an Weihnachten mit den Gedanken bei ihm bin. Das kann doch die Mutter wenigstens zulassen. Aber ich denke, sie wird beherrscht von ihrer tristen Seele. Eine andere Welt...
Gedankenreisen versuchen mein Gewissen zu beruhigen, unsere Sohn wird es schon verstehen. Ein paar Tage gelingt es mir sogar. Dann rückt Weihnachten näher. Wenige Tage trennen uns noch von diesem Erlebnis. Für Kinder eine Faszination, wenn sie das Wohnzimmer verlassen müssen, weil in diesem Moment das Christkind kommt und die Geschenke unter den Baum legt. Draußen sind die Tannen mit Kugeln geschmückt. Kerzen behangen erleuchten sie die Gärten. Die Schneeflocken tanzen über den Lampen, als wollten sie sich aufwärmen. Und mit jedem Tag , mit jedem Weihnachtsbaum spüre ich den Drang, unserem Sohn eine Botschaft zu übermitteln. Er soll wissen, dass ich an ihn denke.

Während die Schneeflocken unsere Welt bedecken und alle Menschen in ihren Weihnachtsvorbereitungen stecken, sitze ich an meinem Schreibtisch und zeichne einen Plakatentwurf, um unserem Sohn Weihnachtsgrüße zu übermitteln. Wieder Werbung machen, zu einer Zeit, wo wir Menschen uns alle nach Geborgenheit sehnen.

Möchten Sie zusammen mit mir ein Plakat entwerfen, wie damals, als wir in der Dunkelheit die Strassen zum Leuchten gebracht haben?

Mein Freund ist auch an meiner Seite und so entsteht es. Ein Plakat, weihnachtlich geschmückt, begleitet von meiner Botschaft:
„Ich wünsche unserem Sohn gesegnete Weihnachten. Ich denke ganz fest an Dich. In Liebe, Dein Vater."
Doch das Leuchten dieser Plakate ist verschwunden. Der Text, rot aufgedruckt, versucht vergebens die Verzweifelung zu

zerschlagen. Immer wieder kopiere ich es, diesen Schrei .
Schreien, als wolle ich unserem Sohn zurufen „ Hier bin ich !"
Doch er konnte mich nicht hören. Meine Rufe gehen unter im
Kampf zwischen uns „Großen". Im Kampf um eine traurige Seele
der Mutter.
In der Stadt habe ich Kartons voller Teelichter gekauft. Ich werde
mit dem Kerzenlicht die Farbe meiner Botschaft in der Dunkelheit
zum Leuchten bringen.
Noch zwei Tage bis Weihnachten. Wie ein kleines Kind beginne
ich die Momente zu zählen.
Wie eine Ewigkeit...

Am Morgen des Heilig Abends stecke ich um die dreißig Plakate
in Umschläge. Auf ihrer Vorderseite die Worte „ Ich erbitte ..."
Zusammen mit diesen Umschlägen schleppe ich mich durch die
Stadt. Diese besinnliche Zeit erdrückt mich im Laufen. Der
Kirchplatz wird beleuchtet von diesen ironisch bunten
Kirchenfenstern. Diese Tür, sie lässt sich nicht öffnen. Der Schnee
hat ihr den Weg versperrt. Mit den bloßen Händen greife ich in
den Schnee. Wie kalt und traurig er sich anfühlt. Mein
Körpergewicht gegen die Schneemassen stemmend ,zwinge ich
den Schnee zu weichen. Mit seiner Kälte versucht er mich zu
besiegen. Doch meine Liebe zu unserem Kind ist stärker.
Die Kirchentür öffnet sich.
Eine leere Kirche, keine Menschenseele.
Doch hier muss jemand sein, denn die Orgelpfeifen verwandeln
die Luft in Klänge.
Vor dem Altar sind Lichterketten aufgereiht. Wärme erreicht mein
Gesicht und die Hände beginnen zu trocknen. Diesmal zünde ich
eine große Kerze an, die ich selbst mitgebracht habe. Sie muss
über Weihnachten halten, und stark sein, die Trauer in dieser
besinnlichen Zeit zu verdrängen.
Als ich mich umdrehe, erreichen meine Blicke die tanzenden
Finger des Mannes, wo vor seiner Orgel sitzt.

Ob er mich sieht ?

Die Umschläge zeigen mir ihre Botschaft „ Ich erbitte !".

„Soll er es doch sehen, mein Hilferuf", denke ich und beginne.
Auf jede Bank lege ich einen Umschlag. Ein flimmerndes Licht
auf jede Bank. Wie ruhig diese Kerzen leuchten. Und die Musik
spielt in einer maßlosen Fülle.

Dieser Mann, er sieht mich nicht. Nein, er unterstützt mich sogar
in meiner Tat. Seine Musik macht mir Mut. Jede Bank abzugehen,
immer weiter nach vorne, bis zu jener Eingangstür, die mir vor
kurzem noch den Eintritt verweigert hat.

Die Umschläge alle verteilt und der Karton mit den Teelichtern
leer, drehe ich mich um. Wie das alles leuchtet. Ein Schimmern
und ein wenig fühlt man sich, als säße man unter einem riesigem
Weihnachtsbaum. Doch wo ist die Mutter? Wo ist unser Sohn?
Haben sie mich vergessen ?

Hätten wir uns vielleicht hier treffen sollen ?

In Gedanken drücke ich unser Kind an mich. Beim Rausgehen
spüre ich die Kraft der Kälte, wo von außen gegen die Tür drückt.
Auf dem Weg nach Hause werde ich verfolgt. Dabei wäre ich jetzt
gerne alleine gewesen, um in Gedanken mit unserem Sohn unter
diesem leuchtendem Weihnachtsbaum zu sitzen. Und vielleicht
hätte ich ihm eine Geschichte von der Geborgenheit erzählt.

Schritt für Schritt ist man mir auf den Fersen.

Irgendwie unheimlich...

Meine Fußabdrücke versinken im Schnee, mir ganz dicht auf den
Fersen....

Diesen Tag hätte ich am liebsten versteckt, so wie wir Menschen
uns am liebsten hinter unseren Masken verstecken.

Im Fernsehen erzählt man sich Märchen, wartet zusammen mit
unseren Kleinen auf das Christkind.

Ich warte auch. Auf die Dunkelheit. Denn ich brauche ihre Hilfe.

Ich glaube, momentan hätte ich nicht die Kraft, diese Plakate ohne
Dunkelheit in der Stadt aufzuhängen.

Was meinen Sie, ob dieser Politiker vor seinem Haus auch mit seinen Kindern unter dem Baum sitzt ? Erinnert er sich an mich ?

Während in der Abenddämmerung die Schneeflocken sich an den Lichtern der Weihnachtsbäume erwärmen, klammere ich mich an der Hoffnung, unser Sohn wird unsere Botschaft erhalten. Ich schreibe bewusst unsere, denn mein Freund ist wieder da, wo mir helfen möchte.....
In der Dunkelheit erkenne ich dann, dass man uns entdecken wird. Die Reifen des Wagens hinterlassen Spuren auf der Strasse. Und kurze Zeit später erinnere ich mich an diesen Mann in der Kirche, wo mich mit seiner Musik unterstützt hat. Vielleicht muss es so sein. Und vielleicht muss man mich erkennen....
Einen Umschlag mit Plakaten, Klebeband und diese Teelichter, wo manchmal vor Gestiken im Dunkeln tanzen. Das sind dieses Jahr meine Geschenke für unseren Sohn.
Er wird sie erhalten, auch wenn er weit weg ist...

Das gläserne Gebäude für unsere Kinder wirkt undurchsichtig in der Dunkelheit. Der Schnee hat die Scheiben bedeckt. Ob die Frau da ist, wo meine Werbung kritisiert hat ? Ich nähere mich dem Haus, der Schnee knirscht wütend unter meinen Schuhen. Eine Warnung ,umzudrehen ? Meine Handschuhe streifen über die Fenster. Ganz vorsichtig und je mehr sie über die Scheiben wandern, desto klarer wird mir, dass die Maske dieses Hauses zu schmelzen beginnt. Wir sind alleine. Auch diese Frau scheint mit ihren Kindern unter einem Baum zu sitzen. Ob es ihre eigenen Kinder sind ? Oder sind es Kinder, wo verzweifelt bei ihr Schutz suchen, verlassen von uns Großen ?
Mein Freund beginnt mit seinen bloßen Händen die Scheiben zu befreien. Ich gebe ihm meine Handschuhe, den Schmerz schon gewohnt.

Während er alle Scheiben befreit beginne ich, jedes Plakat mit Klebestreifen zu befestigen. An jede Scheibe eins, rund um das ganze Gebäude.

Das Haus der Kinder hat eine neue Maske....

Es wird Zeit die Teelichter zu entzünden, um dem Haus etwas Wärme zu geben, und vielleicht erreicht die Wärme die Kinder, die in dieses Haus laufen, auf der Suche nach ihren Lebenssäulen. Wenige Augenblicke später ist es soweit. Teelichter tummeln sich auf den Treppenabsätzen. Tanzend bewegen sie sich im Wind, weisen den Weg in die Dunkelheit. Eine innere Kraft zwingt mich zur Schwäche. Mittendrin sitze ich zwischen diesen Lichtern . Spüre, wie meine Seele mir viel zu erzählen hat . Die Dunkelheit hört ihr aufmerksam zu.
Am liebsten wäre ich nun hier sitzen geblieben. Vielleicht kommt eines dieser hilflosen Kinder vorbei, sucht seine Eltern unter diesen vielen Weihnachtsbäumen auf dieser Welt.
Doch ich muss gehen, diese Botschaft möchte ich noch unserem Sohn übergeben.
Als ich mich umdrehe, erkennt man die neue Maske des Hauses. Von der Dunkelheit getragen. Doch ganz kann die Dunkelheit vom Leuchten der neuen Maske nicht weichen. Vielleicht besser so...
Schließlich ziehe ich die Autotür hinter mir zu, um dem traurigem Platz zu weichen.
Die Strassen glitzern in der Kälte uns den Weg zu dem Haus, wo unser Sohn lebt. Eiskristalle haben sich über den Asphalt gelegt , geschmückt für das Weihnachtsfest. Selbst der Himmel ist geschmückt und glänzt in der Pracht der Sterne. Die Fassade der Wolken ist gewichen.
Die Brücke über die Autobahn überquert, erreichen wir den Platz und ich spüre, hier bin ich unserem Sohn am nächsten. Ein Platz, wo ich aber nicht lange verweilen darf. Die Mutter unseres Sohnes

darf mich nicht erkennen. Dieses Haus, still steht es vor uns, mit einer Ruhe in den Himmel ragend. Ob unser Sohn am Fenster steht ? Es wirkt verschwommen durch den Schrei meiner Trauer an diesem Fest. Da ist sie wieder, diese Ironie. Und da bin ich wieder mit meinem Freund, in der Hand meine Botschaft.
Die Fenster sind von der Kälte bedeckt . Doch diese Botschaft hält ihr stand. Sie wird vom Licht am Eingang erleuchtet. Immer wieder erwische ich mich bei meinen verstohlenen Blicken an die Fenster. Meine Angst wird von den Eiskristallen an den Scheiben abgewiesen.

Was würden Sie eigentlich ihrem Kind erzählen, wenn es Sie jetzt doch durch eines dieser Scheiben erkennen würde ?

In den Arm würde ich unseren Sohn nehmen und ihm die Weihnachtsgeschichte von zwei Erwachsen erzählen, die von der Unfähigkeit heimgesucht wurden, miteinander zu reden. Anschließend würde ich ihn zurück zur Mutter kehren lassen, schließlich braucht ein Kind Mama und Papa...
Wie kalt dieser Boden vor dem Haus ist; mit meinen Knien auf dem Steinboden gestützt, beginne ich den Teelichtern den Weg zur Strasse zu zeigen. Treppe für Treppe, Absatz für Absatz und es scheint ihnen Spaß zu machen, denn ihr Licht beginnt in der Dunkelheit zu tanzen und selbst die kalten Kristalle auf dem Boden beginnen zu glitzern, erdrückt von meinen Knien, die sich ebenfalls den Weg zur Strasse bahnen. Neben mir geht eine Kraft, der ich bis zum heutigem Tag sehr dankbar bin, dass sie da war. Ohne sie hätte ich manches nicht getan. Mit seiner Gestalt schützt mich mein Freund vor der Kälte.
Auf dem Gehweg angelangt, erhebe ich mich. Auch der Schmerz von diesen kalten Steinen erhebt sich mit mir. Diesen Schmerz hätte ich gerne an die „Großen" weitergegeben, die immer von Veränderung, Verbesserung reden. Eine eigene Sprache...

Ich reibe mir die Hände, um die Wärme herbeizurufen. Meine Handschuhe sind mittlerweile von dem schmelzenden Schnee durchweicht und verleihen meinen Händen eine Starre. Mehr Botschaften kann ich im Moment nicht setzen...

Hoffentlich reichen sie aus, dass sie am nächsten Morgen an der Tür unseres Sohnes klopfen, um ihm frohe Weihnachten zu wünschen.

Auf dem Weg nach Hause setze ich mich auf meine Hände. Sie füllen sich während der Fahrt mit Wärme. Und wenn ich ehrlich bin, lebe ich momentan wie ein kleines Kind in einem Traum. Vielleicht steht ja unser Sohn vor dem Haus meiner neuen Familie, weil er mich vorhin doch erkannt hat. Empfangen möchte ich ihn dann in Wärme. Mit den Händen, die ihm eine Botschaft übermittelt haben. Und wieder werden wir gefolgt von den Spuren des Wagens. So kann unser Sohn uns besser finden.

Der Wagen rollt auf den Hof und seine Spur bleibt hinter ihm stehen. Wir sind zuhause angekommen. Vor der Haustür , hasten meine Blicke in die Dunkelheit, bis zur Eingangstür. Doch erst als ich vor dem Türschloss stehe, bemerke ich, dass mich nur die Kälte erwartet. Sie wartet schon die ganze Nacht. Und mit einer lebendigen Eile öffne ich die Tür und schließe sie unmittelbar wieder hinter meinem Rücken. Ich möchte die Kälte nicht hereinlassen.

Die Angst steht in der Nacht neben mir, für den Fall, dass sich jemand meldet, wo meine tanzenden Teelichter entdeckt hat, oder den leuchtenden Plakaten begegnet ist. Ängste können ganz schön Kraft kosten... .

Als ich am nächsten Tag erwache, steht sie noch immer da. Vorsichtig bewege ich mich durch das Zimmer, hoffentlich hört mich keiner. Die Maske aufgesetzt, bunt wie ein Clown, gehe ich zur Arbeit. Dort angekommen, treffe ich die Ironie. Nach außen Lachen, nach innen weinen... . Es ist Weihnachten.

Am Nachmittag sitze ich in der Kirche. Meine Teelichter sind verschwunden. Hat man sie ausbrennen lassen? Vor dem Altar steht ein großer Weihnachtsbaum, hell erleuchtet. Sind es meine Teelichter, wo dort hängen? Ich trete näher, schaue unter diesen Baum, als hätte ich mich dort mit unserem Sohn verabredet. Aber soll ich ehrlich sein? Das Licht, diese Autospuren und die Plakate haben nicht gereicht. Unter diesem Baum sitzt lediglich die Wärme, ausgestrahlt von den Kerzen. Dazu diese Kirchenorgel, spielt das Weihnachtsoratorium. Diesmal tanzen die Lichter im Takt der Musik. Mir ist nicht zum Tanzen. Diese Ironie treibt mich aus der Kirche.

Bis ins neue Jahr werde ich gefolgt vom Bild dieser ironisch tanzenden Lichter an den Bäumen.

Ich habe mich in der Silvesternacht unter das Feuerwerk gestellt, in der stillen Hoffnung, unserem Sohn ein Zeichen zu geben, wo ich gerade stehe. Und wenn ich mir so überlege, war dieses Feuerwerk ein Kraftsignal für mich, neue Energie zu tanken. Ein neues Jahr hat begonnen. Ein Schritt näher zu unserem Kind?

Wohin sollen wir nun gehen, liebe Leser?

Für das nächste Jahr habe ich mir einen neuen Kalender gekauft. Auf jedem Monatsblatt ist ein anderes Kind abgebildet. Er hat mir Mut gemacht. Denn vielleicht wende ich eines Monatsende das Blatt und auf dem nächsten erscheint unser Sohn. Und vielleicht ist er bemalt wie ein lachender Clown. Kinder mögen lustige Dinge. Früher habe ich mich immer unter der Bettdecke versteckt und gewartet. Gewartet bis unser Sohn das Zimmer betritt, um mich zu suchen. Und schaute er unter diese Decke, bin ich hochgesprungen. Die Decke flog immer bis an die Lampe und begann zu tanzen. Der Tanz stand ihr gut, sah ehrlich aus, ohne Ironie.... . Und mit jedem Tanz begann unser Sohn laut an zu lachen. Farbenfrohes Lachen hat er ausgesprüht.

Ich sehne mich nach diesem Lachen.... .

Und immer wenn ich auf diese Kalenderbilder schaue, frage ich mich, wie unser Sohn heute aussieht ?

Doch auch dieses Jahr beginnt trist. Draußen toben die Schneeflocken und meistens haben sie nicht mehr die Kraft, auf dem Boden ihre weiße Pracht zu erhalten.

Wir Menschen sind es mit unseren Schuhen oder unseren Autos, wo sie matschig werden lassen. Oder von der Wärme schmelzen sie dahin und bedecken die Erde mit einem Tuch von Wasser.

So ein Tag ist heute, als ich meinen Briefkasten öffne und die neue Botschaft erhalte.

Die Frau mit ihrer tristen Seele war bei ihrem Rechtsanwalt. Man macht mir den Vorwurf, ich hätte das Wohl unseres Sohnes durch meine Botschaft mit den Plakaten und Teelichtern gefährdet. Ich hätte sie unmöglich gemacht.

Verstehen Sie das ? Ich sende unserem Kind Weihnachtsgrüße, verzichte auf die Weihnachtsgeschichte unter dem Baum, verzichte auf Telefonate. Und nun gefährde ich das Kindeswohl. Warum mache ich sie unmöglich? Diese Plakate waren doch gar nicht für diese Frau ? Sie waren für unser Kind und im inneren war es eine Entschuldigung, dass ich nicht bei ihm sein kann. Ich habe ihm nicht einmal erzählt, warum ich nicht da sein kann. Warum also unmöglich ?

Merken Sie etwas ? Wir Erwachsenen verstehen unsere Handlungen oft selbst nicht, stehen vor großen Problemen, ausgelöst von uns selbst, erwarten meist noch Mitleid. Und in all diesem Chaos sollen unsere Kinder diese Welt verstehen. Ich schäme mich. Für die Unfähigkeit von uns Großen.

Meine Hände zittern vor Anspannung, denn nun muss ich womöglich vor Gericht erklären, warum ich mich so verhalten habe. Was gibt es da zu erklären ? Wut unterstützt schlage ich den Briefkasten zu . Man wird mich verstehen...

Vergessen habe ich meine Angst, wo nachts neben mir stand, weil ich befürchte, es könne jemand an meiner Haustür stehen, wo

mich erkannt hat. Wut ertränkt meine Trauer, nun erklären zu müssen, warum ich mich um meine Vaterrolle bemüht habe.
Muss ich das nun alleine erklären? Mein Rechtsanwalt wurde von mir aufgefordert, sich zurückzuziehen. Er besitzt nicht die notwendige Kraft, unseren Sohn den Rücken zu stärken.
Ist es wieder da, dieses Gefühl, alleine zu sein, und keiner reagiert?
Bis zum heutigen Tage hat mich meine Vaterrolle gelehrt, Ruhe und Zeit zu geben. Ich hoffe genug Zeit zu haben, um eine Erklärung zu finden. Die passenden Worte zu finden, um zu erklären, warum man für sein Kind auf die Strasse geht. Diese Ironie, warum geht man wohl für sein Kind solche Wege?

Welchen Weg wären Sie gegangen, lieber Leser?

Kleinen Kindern bringt man unsere Welt zum verstehen, in dem man ihnen Dinge immer wieder erklärt. Uns Erwachsenen präsentiert man immer wieder die selbe Werbung, bis wir sie auswendig können. Vielleicht muss ich den bisher gewählten Weg immer wieder gehen, bis wir Großen begriffen haben, worum es geht.
Also noch einmal: Es geht um unsere Kinder, um unsere Kleinen, die auf die Welt kommen mit dem Recht, zwei Lebenssäulen zu erhalten, wie eine Waage. Mama und Papa.
Und es geht um unsere Verantwortung ihnen gegenüber.
Und wenn sie womöglich ein Vater sind, wo sich vor seinem Kind versteckt, aus Angst, sie müssen Erklärungen abgeben: Drehen Sie um, laufen Sie ihrem Kind in die Arme und halten es. Es ist Ihr Recht und vor allem das Recht Ihres Kindes.
Egal welche Lebenssäule sie auch darstellen, lernen Sie ihr Kind kommen und gehen zu lassen. Nur so kann es unsere Welt entdecken.
Diese Gedanken sind es, wo mich dazu bewegen, den Glauben zu haben, dass man mich verstehen wird.

Ob ich bald wieder diesem Richter begegne ?

Ich bin froh, dass ich meinen Weg schon kenne, denn ich glaube im Toben des Winters hätte ich ihn nicht gefunden. Alles bedeckt von Schnee. Wie in Seide gehüllt, schleiche ich durch die Strassen, schaue mir jedes Haus genau an, auf der Suche nach einem neuem Rechtsanwalt, wo mir helfen kann. Ich muss jemand finden. Unseren Sohn habe ich im Moment schon aus den Augen verloren. Doch jedes Schild, wo ich ansah, zeigte immer nur die guten Seiten. Wieder eine Maske ? Ich möchte sie brechen, diese Masken . Denn nur mit Hilfe seiner eigenen Schwächen kann man seine Stärken entdecken.

Wochen vergehen ,ohne dass ich einen Rechtsanwalt finde. Sicher hätte ich an der nächsten Kanzlei klingeln können.

Man hätte mich empfangen in meiner Hilflosigkeit...

Zeit legt sich über die Suche nach unserem Kind. Alles steht irgendwie, keiner reagiert. Selbst das Gericht beruft keinen Termin, damit ich erklären kann. Haben sie mich vergessen ? Es darf nicht stehen bleiben, Zeit der Trennung kann Beziehungen zerstören, auch zwischen Eltern und ihren Kindern.

Immer wieder versuche ich mir gedanklich vorzustellen, was passieren könnte, wenn ich einfach wieder den selben Weg gehe. Wieder auf die Strasse gehe mit diesen Plakaten. Doch ich sollte Rückendeckung haben. Keine rechtliche, denn die war mir momentan durch den Staat nicht gut genug zugesichert.

Nein, ich denke da an Sie, wo gerade dieses Buch in der Hand halten." Haben Sie auch Kinder?", würde man Sie jetzt in einer solchen Situation fragen. Wie damals der alte Mann am See der Nähe.

Zeit der Überlegung vergeht, bis zu jenem Tag, wo die Welt anfängt ihren weißen Mantel abzulegen. Die Sonne hat gelegentlich die Kraft gefunden, Wärme und Licht über die Stadt zu legen. Licht, wo mir Mut macht, nicht aufzugeben.

„Diese Plakate hätten wieder Unterstützung vom Licht der Natur.", denke ich.

Doch ohne Unterstützung kann ich den Weg nicht mehr gehen.
Dafür fehlt mir die Kraft und ich glaube, meinem Freund geht es
ähnlich. Ich glaube, ich habe nicht das Recht, von ihm zu
verlangen, dass er wieder mit mir durch die Nacht schleicht,
wieder zusammen mit mir nach unserem Sohn sucht.
Ab und zu treffe ich mich mit meinem Freund, und wir reden über
andere Dinge , um abzulenken. Dann erzähle ich ihm von lustigen
Dingen, um nicht den Eindruck zu machen, mein Problem hätte
sich wie ein Fluch über mich gelegt.

Aber wissen Sie, was wir festgestellt haben ?
Manche Probleme verdrängen wir. Hat unsere Welt zuviel Müll
gesammelt, verbrennen wir ihn. Dämpfe steigen auf, kleine und
große Wolken lassen wir über den Verbrennungsanlagen
entstehen. Weit weg ins All. Weit weg von uns.
Und unsere Sorgen ?
Die können wir nicht einfach verbrennen. Sie kommen immer
wieder, solange bis wir sie gelöst haben. Und selbst wenn man
sich dann lustige Dinge erzählt, um von Sorgen abzulenken,
stehen sie wieder irgendwann im Mittelpunkt, unsere Sorgen.
An diesem Abend erreicht man uns trotz lustiger Masken .
Im Fernsehen zweifelt der Nachrichtensprecher an unsere
Gerechtigkeit, erzählt vom Verschwinden eines kleinen Kindes.
Und wir Großen sitzen da und hören aufmerksam zu.
Ein Verbrechen ? Glauben Sie, dass der „Große" zuschaut, wo
dieses Kind versteckt hat? Die Polizei bittet um Mithilfe. Kräfte
werden gesammelt durch Gemeinsamkeit. Dieses Kind muss
gefunden werden... .
Wie wir Erwachsenen doch plötzlich aufmerksam werden, wenn
es um unsere Kinder geht.
Ich schaue meinem Freund an, und irgendwie sehe ich wieder
diesen Weg. Werbung machen, vielleicht auch im Fernsehen.
Werbung machen, wo wir aufmerksam werden. Unsere Kinder.

Neben mir sitzt die Angst, mein Freund hätte nicht mehr die Kraft, noch einmal Aufsehen zu erregen.
Kurz vor Ende der Nachrichten wird ein Bild eingeblendet.
Länder treffen sich an einem runden Tisch, um die Sorgen unserer Welt zu besprechen. Auch sie machen Werbung für ihr Land.
Vor dem Eingang bahnen sich Fahnen ihren Weg durch den Wind. Jedes Land mit einer anderen Fahne. Doch ich vermisse die Fahne für unsere Kinder. Gibt es dafür kein Land?
Gerne würde ich mich an diesen runden Tisch setzen. Vielleicht muss man das Land der Kinder, unserer Zukunft erst erobern.
Bilder kommen mir, wie ich mit einer Fahne für das Kinderland diesen Platz betrete, wo Politiker an einem rundem Tisch sitzen. Warum eigentlich nicht? Durchs Fernsehen kannte ich eine Sendung, wo man mit Sorgen und Nöten an der Tür klopfen durfte. Begleitet von einem Pfarrer.
Vielleicht sollte ich mal zu ihm gehen? Mit einer Fahne, zurechtgeschnitten aus einem Bettlaken und zusammen mit ihm das Land der Kinder erobern.
Auf einem Blatt Papier beginne ich mir ein Muster von der Fahne zu zeichnen. Und wieder steht er da. Mein Freund, mit seinen Blicken sichtlich interessiert, hört er sich meine Idee an. Doch im ersten Moment reagiert er nicht. Überschreite ich eine Grenze? Doch wo steht eigentlich, dass ich das nicht tun darf? Nirgends ist ein Verbotsschild zu sehen.
Ich hole ein Bettlaken aus dem Schrank, breite es vor uns aus. Jetzt fehlt nur noch der Wind, und diese Botschaft hätte Kraft von der Natur.

In den nächsten Stunden reden wir kaum miteinander. Wie Kinder knien wir über diesem Laken und bemalen es bunt. Regenbogen,

Sonne, Wolken, Blumen. Gestützt von meiner Forderung,
unserem Sohn ein Vater sein zu wollen.
Kraft hat es uns gekostet, diese Fahne der Kinder.
Das Aussehen des Lakens war es , wo uns die Kraft gegeben hat,
uns zu entschließen, am nächsten Morgen im Anbruch des Tages
uns auf den Weg zum Fernsehen zu machen. Ich möchte an der
Tür dieses Pfarrers klopfen.
In der Nacht knie ich noch Ewigkeiten über dem Laken, während
mein Freund sich den Weg durch die Dunkelheit nach Hause
ebnet.
In einem Brief erkläre ich diesem Pfarrer mein Anliegen, falls ich
ihn nicht antreffen sollte. Damit er anschließend den Weg zu mir
findet.
Denn in all diesem Kampf habe ich mir zur Aufgabe gemacht,
viele Spuren zu hinterlassen.... .
Spuren... Ob man das Kind aus dem Fernsehen gefunden hat?
Spuren hat dieser Kampf bis zum heutigem Tage hinterlassen.
Täglich mache ich mir es zur Aufgabe, für einen Moment an
etwas positives zu denken. Damit mich dieser Kampf nicht
zuschüttet.
In der Nacht bin ich mehrfach aufgewacht und manchmal habe ich
das Gefühl, mich mit dieser Fahne zugedeckt zu haben. In meinen
Träumen kämpfe ich mich vor zu diesem Land, wo unsere
Zukunft eines Tages erleuchten soll. Ein Land, wo alles simple ist,
es keine Kriege gibt, man sich Märchen erzählt, Figuren und
Kreaturen lebendig werden lässt. Ein schönes Land. Ein
Kinderland.

Es friert mich. In meinem Kampf habe ich mir die Bettdecke vom
Körper gerissen. Ob es im Kinderland wärmer ist ?
Hastig ziehe ich mich warm an, zwei Pullover übereinander.
Schließlich weiß ich nicht, wohin die heutige Reise zum
Kinderland geht. Oder haben Sie dieses Land auf der Karte schon

entdeckt ? Waren Sie schon dort, liebe Leser ? Erzählen Sie mir,
wie kommt man dort hin.... .

Dann klingelt es. Ich spüre , wie die Anspannung steigt. Mein
Herz schlägt im lauten Rhythmus und lauscht man mit seiner
Phantasie, spürt man diese Kinder, wie sie mit ihren Trommeln
vor unseren Türen stehen, um uns den Weg zum Kinderland
zeigen. Die Tür zum Herzen... .

Mein Freund hatte die gleichen Gedanken. Mehrere Pullover
übereinander, eine dicke Jacke. Unser Bettlaken wird auf dem
Weg zum Auto von der aufgehenden Sonne angestrahlt. Hey, dass
könnte ein Zeichen sein. Die Farben des Bettlakens wirken durch
die Sonnenstrahlen kräftig, fast ein wenig mystisch. Jetzt fehlt nur
noch der Wind, um die Botschaft in die Lüfte zu heben, um
Grenzen zu setzten für ein Land, welches beschützt werden muss.
Für einen kurzen Moment halte ich inne. Was machen wir
eigentlich da ? Doch der bisherige Weg hat mich gelehrt, nicht
immer nach dem Warum zu fragen. Die laufenden Fragen kosten
nur Kraft. Und die brauchen wir....

Auf dem Weg zum Fernsehen hätte ich manchmal gerne die
Scheiben heruntergedreht und die Kinderfahne aus dem Fenster
gehalten. Wie eine Eroberung. Doch wo sind die Grenzen, die uns
ins Kinderland führen ? Grenzen sieht man momentan nur am
Horizont. Die Aufgehende Sonne hat einen schimmernd rötlichen
Schleier gelegt. Am Himmel sieht man kleine Wolken, ruhig vor
sich hin schwebend, als warten sie aufs Tageslicht.
Ist hinter dem Horizont das Kinderland ?
Stundenlang fährt das Auto eine gerade Schnellstrasse entlang,
und von Zeit zu Zeit wird es um uns herum immer heller. Ich
glaube, die Helligkeit möchte uns den Weg weisen.
Das warten im Stau lässt den Eindruck erscheinen, als wollten
noch mehr „ Große" ins Land der Kinder. Aber ich sehe keine
Fahnen... .

Nach vierstündiger Fahrt ist es endlich soweit. In dieser Stadt soll das Fernsehgelände sein. Dort , wo man uns Menschen mit Informationen überschüttet, uns heile Welten präsentiert.
Kleine Schilder weisen den Weg zum Filmgelände. Alles nur ein Traum ?
Nirgends ein Schild mit der Aufschrift „ Zum Kinderland".
Die Fahne für unsere Kinder fest an mich gedrückt, erreichen wir die Einfahrt.
Hier sieht es aus wie in einer Festung. Um das Gelände herum Bäume, so hoch, dass sie fast schon die Sicht in den Himmel versperren. Das ganze Gelände ist von einer Mauer umgeben, Aber nicht grau und trist. Nein, sie sind bunt bemalt, besprüht mit künstlerischen Ausdrücken. Hier scheinen schon viele Menschen gewesen zu sein.
Wir erreichen die Schranke, die uns signalisiert, hier geht es nicht weiter. Rot, weiß gestreift versperrt sie uns den Weg und neben ihr dieses Glashäuschen. Durchsichtig wie das Haus der Kinder, damit man nichts verstecken kann. Wir haben Glück. In dem Häuschen ist der Stuhl leer. Das Gelände wird nicht bewacht.
Mit unserer Fahne in der Hand steige ich aus und stemme meine Kraft gegen das Gewicht der Schranke. Sie öffnet sich.
Meine Blicken geben unserem Freund das Signal, dass er durchfahren kann. Unser Freund- Er hat schon viel für unseren Sohn getan... .
Langsam gerät der Wagen ins Rollen. Die Grenze ist überschritten. Doch nirgends Kinder .....
Vorsichtig fahren wir über das Gelände. Ein Anblick voller Fassaden. Ganze Kulissen sind am Straßenrand aufgebaut, Plakate werben für Fernsehserien. Ich suche nach dem Gesicht dieses Pfarrers. Hat er sich hinter eines dieser Kulissen zurückgezogen, weil er ahnt, das ich im Auftrag unserer Kinder zu ihm komme? Aus Angst, er könne mir nicht helfen? Schließlich macht er keine Gesetze. Auch er hat die Spielregeln unserer Welt zu respektieren.

Auf einem großen Parkplatz halten wir an. Wie finde ich nun diesen Mann, wo mit Sorgen und Nöten auf uns „ Großen" wartet? Soll ich einfach mal nach ihm rufen. Kinder rufen doch auch immer, wenn sie Hilfe brauchen... .
Ich werde ihm ein Signal setzen, wie unserem Sohn mit den Plakaten. Aber nicht durch Rufe.
Nach kurzer Absprache stellen wir uns mitten auf diesen Parkplatz. Jeder hat ein Ende der Kinderfahne in der Hand. Dann trennen sich unsere Wege. Entgegengesetzt gehen wir Schritt für Schritt, bis sich dieses Bettlaken strafft. Ob man uns bereits entdeckt hat ?
Die Sonne strahlt diese Farben an. Jetzt erkennt man sie. Diese Kinderfahne, wie sie im leichten Wind diese Botschaft bewegt.
Wie auf Kommando setzen wir uns auf das Gestein des Geländes. Wir wissen nicht, wie lange wir nun warten müssen.
In der Sonne wippt meine Forderung, getragen von einem einfachem Bettlaken.
Alles simple, würde ein Kind nun sagen. Auch meine Forderung klingt einfach: „Manche Dinge kann man mit Paragraphen lösen, Meine Vaterrolle nicht. Ich fordere die Politik, die Justiz und uns „Große" auf: Ich möchte unserem Kind ein Vater sein!".

Ich will ehrlich sein : Stundenlang tanzt diese Botschaft im Wind, ohne das etwas passiert. Unsere Arme fühlen sich mittlerweile steif an, fast gelähmt. Irgendwie passend in dieser Situation.
Und während dieses Protestes kommen mir gelegentlich Zweifel, ob ich das Richtige tue. An der anderen Seite des Bettlakens müsste normalerweise die Mutter unseres Sohnes sitzen. Wir beide sind es doch, wo die Lebenssäulen erhalten müssen. Warum muss eigentlich mein Freund nun dort sitzen?
In diesen Gedanken versunken merke ich nicht, wie plötzlich die Wärme der Sonne von mir weicht. Es wird schattig, bedrohlich kalt. Als ich aufschaue, sehe ich eine Gestalt. Eine Frau schaut auf mich herunter. Ist es die Mutter unseres Sohnes, die uns entdeckt

hat ? Meine Augen sind vom Sonnenlicht erblindet, und der Schatten dieser Gestalt braucht Ewigkeiten, um mir klare Sicht zu verschaffen.

Was erkläre ich ihr nun ? Mein Herz schlägt immer schneller. Sind es die Kinder, wo wieder an der Tür unseres Herzens trommeln ?

Dieses Zuschlagen meines Briefkastens kommt mir wieder in den Sinn, wo mir Mut macht, dass man mich verstehen wird. Egal, was ich tue. Ob diese Frau auch Kinder hat?

Ihre Hand erreicht auf fast bedrohliche Weise meine freie Hand, wo sich kraftvoll auf dem Asphalt des Parkplatzes gestützt hat. Meine Forderung durfte schließlich nicht in sich zusammenbrechen.... .

„ Kommen Sie, ich helfe Ihnen!"

Blicke flüchten zu meinem Freund herüber und wie auf Kommando erheben wir uns.

Nun erkenne ich sie. Blonde lange Haare, verwaschene Jeans und ein roten Pullover. Sommersprossen schmücken ihr Gesicht.

„ Kommen Sie. Wir gehen erst mal ins Büro." Nun wird es mir erst richtig bewusst. Man hat uns entdeckt. Dieses Gefühl, erkannt worden zu sein, es macht mich ein wenig stolz.

Vorbei an diesen Kulissen, Plakaten von Sendungen. Ob diese ganzen Fassaden auf diesem Geländer meiner Geschichte standhalten können ? Manche Kulissen machten den Eindruck, als wollten sie regelrecht erobert werden. Türen standen zum Teil nur einen Spalt offen, manche Fenster waren eingeschlagen. Geschmückt wurden viele Fassaden mit Blumenkästen. Durch welche Türe werden wir nun gehen? Hat dieser Pfarrer uns schon eine geöffnet?

Nach ein paar Minuten erreichen wir ein Gebäude, welches einer kleinen Halle ähnelt. Blau ist es angemalt.

"Meine Lieblingsfarbe", denke ich. Und es ist die Farbe des Logos, welches man jeden Nachmittag im Fernsehen sieht, wenn man als Zuschauer an der Tür des Pfarrers klopft.

Auf dem Weg zum Gebäude habe ich die Fahne der Kinder zusammengefaltet. Ich hatte erreicht, was ich wollte. Vor dem Haus stehend suchten meine Blicke nach diesen Fahnenmasten, wie im Fernsehen jedes Land eine Fahnenstange hatte. Wo ist die Stange für das Kinderland ? Nirgends zu sehen. Aber deshalb war ich doch hier! Vielleicht muss ich zusammen mit dem Pfarrer diesen Pfahl erst errichten.

Am Eingang wurden wir von einem Hund begrüßt, wo quer im Weg lag. Er machte keinerlei Anstalten, den Platz zu räumen. Viele kleine Gänge verlieren sich, unterbrochen von Türen, und wissen Sie, was mir aufgefallen ist? Alle standen einen Spalt offen. Hier ist man willkommen.

„Bitte nehmen Sie Platz. Was kann ich für sie tun ?".

Ich holte tief Luft, die Angst tänzelte um mich herum. Ich habe noch diesen Brief in der Tasche. Vielleicht gebe ich ihr einfach den Umschlag.

Nein, ich wollte ihr doch erzählen, dass ich auf der Suche nach dem Kinderland bin. Das muss man mit Lebendigkeit erzählen. Sonst hätte ich ihr den Brief auch schicken können.... .

So erzähle ich mein Anliegen, begleitet von der Stille meines Freundes. In der Hand hielt ich einen Stein. Mintfarben strahlt er mir Energie zu. Energie , um zu erzählen, was mich bewegt. Während ich erzähle klingelt das Telefon. Wieder dieses Gefühl, willkommen zu sein. Das Klingeln des Telefons muss meiner Geschichte weichen.

Diese Stille. Ich schaue auf den Boden. Was geschieht nun?

Waren Sie schon mal beim Fernsehen und haben ihre Geschichte erzählt ? Tun Sie es. Es befreit. Das erste Mal habe ich das Gefühl, nicht alleine zu sein.

„Ihre Geschichte macht mich nachdenklich. Ich kann Sie gut verstehen, und glauben Sie mir, es geht vielen Vätern so. Viele saßen schon hier. Sogar eine Sendung über diese Väter hat es schon gegeben." In meinem Kopf dreht sich die Frage, warum ich nicht dabei war.

„ Die Frage ist nun, was wir für sie tun können ? Sollen wir Ihnen Adressen geben, an die Sie sich wenden?".

Adressen möchte ich nicht. Davon habe ich schon genug. Und an jeder Stelle wurde ich nur zurückgewiesen.

Ich glaube , sie spürte meine Ablehnung.

„ Ich werde mich bei Ihnen melden, sobald ich eine Idee habe. Ist das für Sie in Ordnung ?". Es war in Ordnung. Denn eins hat mir diese Frau deutlich gemacht: Ich bin nicht mehr alleine. Vielen Vätern geht es so.

Sagen Sie, lieber Leser, gehören Sie auch zu diesen Vätern? Dann lassen Sie uns zusammen diesen Weg gehen. So weit kann das Land der Kinder doch nicht sein.

In diesem ganzen Gespräch vermisse ich den Pfarrer. War er im Haus oder suchte er gerade eine Lösung für ein Problem? „ Ich werde ihre Geschichte weiterleiten, das verspreche ich Ihnen!", gab mir die Frau mit den blonden Haaren zu verstehen, als ich sie auf den Pfarrer ansprach.

Die Augen meines Freundes schweiften die Wände entlang, wo mit Bildern behangen waren. Momente werden hier festgehalten, entstanden in Sendungen von uns Erwachsenen und dem Pfarrer. Ich stoße ihm in die Seite, um zu signalisieren, sich zu erheben. Wir verstehen uns ohne große Worte. Dieser bisherige Weg hat uns Zusammenhalt gelehrt.

Doch bevor ich das Büro verlasse, nehme ich das Bettlaken und lege es ausgebreitet über den gesamten Schreibtisch, in der Hoffnung, er möge dieser Last standhalten . Dann erreicht mich wieder diese Hand. Sichtlich bedrückt, verabschiedet sich diese Frau von uns.

„Ich brauche Ihre Hilfe". Mit diesen Worten verlasse ich das
Büro. Auf dem Gang bleiben wir immer wieder stehen, gestoppt
von der Faszination meines Freundes über soviel Fernsehen.
Vorbei an diesem Hund, wo noch immer gelangweilt im Weg lag,
erreichen wir die Kälte.
Die Sonne ist verschwunden, als werde sie von unserem Bettlaken
erstickt. Doch schaut man in den Himmel, erkennt man sie. Diese
Wolken, die Aussehen, als hätten wir „Großen" wieder Müll
verbrannt, um Platz zu schaffen.

Ja, liebe Leser, dieses Gefühl kennen Sie bestimmt: Man trägt
einen Lebensrucksack mit sich herum. Erlebnisse, meist
trübsinnige stopfen wir dort hinein. Immer mehr und irgendwann
spüren wir; er lässt sich nicht mehr schließen.
Aber ich glaube hier im Fernsehen habe ich meinem Rucksack
etwas Platz gemacht. Das Gefühl, alleine zu sein, war
verschwunden. Es gibt mir richtig Kraft, und auch wenn ich keine
sichtbare Hilfe mit nach Hause nehme... . Ein wenig Zufriedenheit
stellt sich ein. Und sei es nur, dass ich für mich erkannt habe,
welche Kraft wir Erwachsenen entwickeln können, wenn es uns
schlecht geht. Warum sollten wir dann nicht die Kraft haben, für
unsere Kinder ihre Lebenssäulen zu erhalten.
Oder was meinen Sie ?

Während der Fahrt denke ich an unsere Kinderfahne, die ich
zurückgelassen habe. Ob die Frau sie schon von ihrem
Schreibtisch genommen hat? Vielleicht kann ich sie eines Tages
im Fernsehen betrachten, wie sie sich mit den anderen Ländern
den Weg durch den Wind sucht. Ein Kinderland wurde dann
vielleicht erobert. Regiert von unseren „Kleinen".
Auf dem Weg nach Hause denke ich an die vielen Dinge, die ich
mit unserem Sohn erlebt habe.
Erinnern Sie sich noch an diese Welt, die wir im Sandkasten
gebaut haben, behutsam und mit der Phantasie von Kindern ?

Hätte ich dort mit unserer Fahne hingehen sollen ? Ich denke, dieser Platz wäre zu klein, um an die ganze Welt zu kommen. Diese Gedanken begleiten mich , ausgelöst von den Zweifeln, ob ich das Richtige getan habe. Aber wenn nicht wir „Großen", wer dann? Es sind doch unsere Kinder. Es ist doch unsere Verantwortung, die wir mit der Geburt eines Kindes übernehmen. Zusammen mit meinem Freund begleiten mich diese Zweifel bis an die Haustür. Dort trennen sich unsere Wege.
Die Zweifel bleiben.

Wenige Tage sind vergangen. Im Hinterkopf läuft der Kalender. Tag für Tag und manchmal erinnerte mich diese Stimme von meinem Anwalt, dass man im nächsten Jahr juristisch neue Wege schaffen wird. Wege, die mir den Kontakt zu unserem Sohn ebnen sollen. So sagen es die Politiker. Gedanklich habe ich diesen Menschen manchmal Vertrauen vor die Haustür gelegt.
Täglich habe ich nun den Fernseher angeschaltet, in der stillen Hoffnung, meine Kinderfahne würde eines Tages auf einem dieser Plätze stehen, wo wir Werbung machen für unsere Länder. Gehofft habe ich, wie ein kleines Kind, obwohl mir auch klar war, das ich dieses Bettlaken niemals im Fernsehen begegnen werde. Aber so kann man Diskussionen auslösen, Debatten im Bundestag führen, um manch unmöglich scheinende Dinge doch zu realisieren. Ihnen Bewegung, Farbe zu geben wie unsere Figuren und Kreaturen in Kinderbüchern. Es kann uns Große nachdenklich stimmen, und das Verständnis bringen, endlich damit aufzuhören, unsere Kinder als Waffe zu benutzen.
Tage später passierte es. Ich komme zurück von meiner Arbeit , und zwischen den Werbeprospekten lag er. Man sah ihn kaum zwischen diesen bunten Blättern, als versteckten sie ihn mit ihren Farben und den vielen Dingen, die es wieder neu auf unserer Welt gibt.
Dieser Brief vom Fernsehen. In der rechten Ecke war wieder dieses Logo abgebildet. Das Logo von diesem Pfarrer. Die Frau

mit ihren blonden Haaren hat ihr Versprechen gehalten. Durch die Aufschrift des Fernsehens wirkte meine Adresse richtig mächtig. Hatte ich nun endlich den Weg an die ganze Welt gefunden? Oft genug bin umgedreht, weil ich in einer Sackgasse landete. Ich ließ mich auf die Treppe sinken und riss wie ein neugieriger Junge diesen Umschlag auf. Ich glaube, ich ähnelte einem Kind, was ein Geschenk aufmachte. Dann tauche ich ein in diese Welt des Fernsehens. Dieser Pfarrer war es, der einen Brief an mich sandte. Er dankt für diese Geschichte und teilt mit mir das Unverständnis, dass man mir nicht den Weg zu unserem Sohn zeigen wollte. Aber er gibt mir auch zu verstehen, dass er mir den Weg auch nicht weisen könne. Lediglich bei mir sein, und mir mögliche Wege aufzeigen. Darin besteht seine Macht. Ich kann ihn verstehen. Moralisch bot er mir Unterstützung an. Und es mag verrückt klingen, aber an dieser Stelle bin ich ihm dankbar. Denn durch seine Anteilnahme und seiner Moral gibt er mir zu verstehen, dass ich nicht alleine bin. Er möchte mir mit seinen Mitteln helfen. Das bringt mich ein Stück näher.
In den kommenden Nächten verspüre ich nach langem wieder Erholung. Dieses Kindergeschrei war leiser geworden, wo ich nicht zuordnen konnte, ob ich es war, wo schrie.

Mittlerweile lässt sich die Erde immer mehr von der Wärme bedecken. Die ersten Grünflächen kommen zum Vorschein und die Bäume bekommen wieder erste Blätter.
Ob es der Frau unseres Sohnes auch besser geht? Das wäre vielleicht eine Chance, noch mal mit ihr zu reden. Die Idee zerschlägt sich in ihrer Aggressivität. Die Stimme unseres Kindes im Hintergrund ist verschwunden. Irgendwie macht es mir Angst. Ob er mich noch kennt ? Hoffentlich verliert er nicht den Kampf gegen die Zeit, die noch ins Land streichen muss, bis das neue Kindschaftsrecht in Kraft tritt. Bin ich dann eigentlich ein guter Vater ?
Woran erkennt man eigentlich die guten Väter ?

Sind Sie vielleicht eine Mutter, die den Kontakt zum Vater verweigern?
Darf ich Sie fragen, warum ? Ist es der Wille ihres Kindes ?
Klar, wenn die Väter wirklich das Kindeswohl schaden, weil sie ihre Kinder schlagen, ständig betrunken sind, oder gar kriminell, ist handeln notwendig.
Aber wenn es Rechnungen sind, die wir mit dem ehemaligem Partner begleichen wollen ,oder uns verletzt fühlen, haben wir nicht das Recht, uns in ihre Welt einzumischen, um ihnen zu erzählen ,dass Vater oder Mutter schlecht sind. Es gehört zu unserer Verantwortung, ihnen die Freiheit zu lassen, selbst zu entscheiden, wem sie nahe stehen. Und wenn sie Ihren Kindern genau zuhören, werden Sie feststellen, dass ihnen beide Elternteile nahe stehen.
Sie glauben das nicht auseinander halten zu können ?Dann schauen sie ihre Kinder an und überlegen Sie! Warum müssen wir den Kampf zwischen uns „Großen" in der Welt eines kleinen Kindes austragen?

Lassen Sie uns dieses Buch für einen Moment aus der Hand legen.

Ich glaube, wir Erwachsenen brauchen manchmal mehr Zeit zum Überlegen . Der bisherige Kampf hat mittlerweile 15 Monate gedauert. Und merken Sie etwas? Wir sind noch nicht am Ziel.... . Wir kämpfen immer noch. Aber wie weit müssen wir gehen, bis wir begreifen, dass die Welt der Kinder eine eigene ist ? Mit eigenen Gefühlen, eigenen Figuren und oft ganz anderen Bildern. Was muss passieren, damit wir aufhören, ihre Seelen zu manipulieren, im Glauben, so ihre Herzen zu gewinnen. Wissen Sie, wovon ich überzeugt bin? Je mehr wir sie zu einer Lebenssäule lotsen, um so schneller verlieren wir unsere eigenen Kinder. Denn sie sind es eines Tages, wo vor uns stehen und wissen wollen, warum sie nicht zum Papa oder Mama durften. Und unsere eigenen Kinder sind es dann, die uns den Vorwurf machen, versagt zu haben. Und das alles nur, weil wir glauben, durch Manipulation, Vorenthaltung des anderen Elterteil ihre Herzen zu gewinnen.

Vielleicht haben wir so das Gefühl, wenigstens etwas behalten zu können von einer gescheiterten Beziehung oder Ehe.

Und in all dieser Tragödie verlieren wir durch solche Handlungen das einzig übrig gebliebene neben unseren Erinnerungen.

Lassen Sie uns diese Kriege beenden.

Kriege beenden- Was mache ich nun ? Meine Plakate haben versagt, meine Gespräche auf dem Jugendamt verloren sich im Paragraphendschungel. Selbst dieser kleine Politiker vor seinem Haus möchte nichts mehr mit mir zu tun haben, fühlt sich missverstanden, angegriffen von meiner Kritik. Er hätte ja mit auf die Strasse gehen können, gemeinsam nach einer Lösung suchen. Doch er hat sich geweigert, aus Angst, er müsse dieses Problem in die Hand nehmen, um es zu lösen. Doch hätte er genau zugehört, wäre ihm klar geworden, dass er somit unsere Kinder an die Hand nimmt. Kinder, die später unsere Welt regieren, mit neuen Ideen die Zukunft gestalten. Sie brauchen unsere Unterstützung, und dürfen nicht den Kriegen von uns überlassen werden.

Bis zum neuem Kindschaftsrecht fehlen noch genau 4 Monatsblätter. Bis zum heutigen Tage ist unser Sohn auf keinem Monatsblatt des Kalenders erschienen, wo ich mir am Anfang des Jahres gekauft habe. Ein Kalender für unsere Zukunft. Unsere Kinder.

Bis zu diesem Zeitpunkt haben Sie mich nun begleitet und hoffentlich gespürt, wie schmerzvoll und schwierig 15 Monate Kampf sein können. Nun fehlen noch mindestens 4 Monate, bis wir „Großen" zumindest die Unterstützung von der Regierung haben. Ich schreibe bewusst Unterstützung, denn es sollte nicht eine neue Waffe für einen neuen Krieg sein. Vielmehr eine Hilfe, unserer Elternrolle bewusst zu werden. Handeln wie verantwortungsbewusste Lebenssäulen müssen wir ohne unsere Politiker.

Die Zeit stellt mir oft die Frage, wie ich mir selbst die Hoffnung geben kann, dass dieses Gesetz auch wirklich in Kraft tritt. Denn wenn ich ehrlich bin, reicht meine Kraft nicht aus, jedem Politiker das nötige Vertrauen vor die Tür zu legen.

Doch man könnte Ihnen durch eine neue Aktion deutlich machen, wie wichtig diese Unterstützung von ihnen ist, weil wir alleine nicht die Kraft haben, diese Rolle alleine zu gestalten. An sich müssten wir uns schämen für die Unfähigkeit. Signale werden uns schließlich oft genug gesetzt. Meistens von unseren eigenen Kindern.

Es gibt Tage, da sitze ich vor der Zeitung, und habe die Hoffnung, das Thema Kindschaftsrecht wird aufgegriffen, mit der Botschaft, es zu stärken.

Doch das Rad der Zeit dreht sich in den Zeitungen um Börsenkurse, Überfälle, Morde, Umwelt, und Geld. Immer aktuell informiert. Ich bin davon überzeugt, das aktuellste sind die „Kleinen", denn ohne sie wird es keine Zukunft geben.

Im Strom dieser Nachrichten erreicht mich Wochen später die Sendung im Fernsehen, wo es endlich um die Kinder geht. Diskussionen werden geführt vom Sinn des neuen Gesetzes, von Vor- und Nachteilen.

Und tatsächlich sollen Kinder ab Sommer einen Schlüssel erhalten. Einen neuen Paragraphenschlüssel, der ihnen die Türen zu beiden Elternteilen öffnet.

Demnach sollen Eltern sogar zum Kontakt mit ihrem Kind gezwungen werden können. Und der andere Elternteil, wo weiterhin den Kontakt verweigert, kann nun bestraft werden.

Meine Emotionen beginnen zu tanzen, wenn ich mich mit dem Gefühl vertraut mache, nun endlich Unterstützung zu bekommen. Emotionen so hoch wie Berge. So tief, wie manche Meere dieser Welt. Und die Tiefe dieser Meere lässt sich vom Sturm der Zweifel nicht beeinträchtigen. Innerlich ist es ruhiger geworden.

Und doch sind es kleine Zweifel und natürlich die Neugier, die mich auf die Idee bringen, sich diese neue Regelung von Nahem anzuschauen. Dort hinzufahren, wo dieser neue Schlüssel entwickelt wird.

Im Laufe der nächsten Tage wurde ich immer wieder von meiner Neugierde überrascht. Ungeduldig wie ein kleiner Junge durchstreifte ich die Vorstellung, wie er in der Wirklichkeit aussehen soll, dieser Schlüssel.

Sagen Sie , haben Sie Lust mit mir gemeinsam zu diesem Ort zu gehen ? Haben Sie noch einmal die Kraft, mit mir etwas zu entdecken? Für unsere Kinder?

Im Versteck der Nacht mache ich wieder diese Plakate mit meiner Forderung. Ich möchte ein Zeichen an die Öffentlichkeit setzen, das ich für diese neue Kindschaftsregelung bin. Und ich möchte unseren Politikern deutlich machen, wie wichtig dieser Schlüssel ist..... .

Können wir losgehen?

Die Türen der Zugwaggons schlagen laut ins Schloss. Dieser Knall gibt schnell zu verstehen, dass es kein Traum ist. Um mich herum ein Fluss von Unterhaltung. Auf dieser Welt hat man sich viel zu erzählen. Soll ich vielleicht auch erzählen, warum ich in diesem Zug sitze ? Meinen Mut davon zu überzeugen, etwas zu tun, fern ab von Justiz und Paragraphen? Denn schließlich wurde ich und vielleicht auch Sie, liebe Leser, von der Gerechtigkeit verlassen. Nun haben wir sie fast vor uns.

Der Weg zum Landtag führt über Schienen, manchmal etwas holprig. Hoffentlich entgleisen wir nicht. Unsere Elternrolle entgleist doch oft genug.

Während der Fahrt ertappe ich mich bei der Frage, ob es nicht besser gewesen wäre, sich vorweg anzumelden. Oder gibt es womöglich einen Schlüssel, um in den Landtag zu gelangen? Der kleine Politiker vor seinem Haus hätte ihn mir jedenfalls nicht gegeben. Ich habe ihn kritisiert. Deutlich war ich, als ich ihm zu verstehen gebe, dass ich mit seiner Politik nicht einverstanden bin. Aber es müssen viele Väter und Mütter bei unseren Politikern gewesen sein, dass man nun eine Änderung vornimmt.

Und wie erklären wir unseren Kindern die verloren gegangene Zeit? Den anderen Elternteil sollen wir nicht unmöglich machen, auch wenn sie der Auslöser für diese Zeitreise sind. Ich glaube, wir müssen unseren Kindern einfach begreiflich machen, dass wir Erwachsenen Fehler gemacht haben. Hoffentlich verstehen sie uns..... .

Manchmal klopft die Hoffnung an der Tür, nun bald zusammen mit unseren Kindern auf die Strasse gehen zu können, weil wir es geschafft haben. Würden Sie dann mit uns gehen? Im Zug zum Landtag sitzen wir Erwachsenen schon gemeinsam. Auf der Suche nach unseren Kindern.

Meine Blicke fegen über die vorbeirauschende Landschaft. Meine Träume sind es, wo mir bildhaft werden lassen, wie Kinder mit ihren Fahnen auf den Wiesen stehen, um uns im Zug zuzuwinken. Im Land der Kinder. Ein schönes Land.

Die Realität ergreift mich. Weichen werden gestellt, um den richtigen Bahnsteig zu erreichen. Minuten später, ein Quietschen der Bremsen, die Lautsprecherdurchsage bittet die Fahrgäste, auszusteigen. Auf dem Bahnsteig spürt man diesen Rausch von Hektik. Viele hasten sich zu den Ausgängen, Kofferwagen stehen mitten im Weg. Alle gedanklich bei der Weiterreise. In diesem Gedrängel gehe ich mit meinen Plakaten regelrecht unter. Keiner registriert mich so richtig. Die Menschen hier flüchten sich in Erholung, zum nächsten Geschäftstermin, oder treffen sich mit Angehörigen, um ein paar Tage miteinander zu verbringen. Ich bin hier in der Hoffnung, bald diesen Schlüssel zu erhalten, damit ich mit unserem Sohn ein paar Stunden verbringen kann. Stunden, die hoffentlich zur Ewigkeit werden, um das nachzuholen, was die Zeit uns gestohlen hat. Ausgelöst von uns Großen.

Absatz für Absatz steige ich die Treppe herab, hinunter zu einem Tunnelgang. Ich suche nach den Hinweisschildern, die mir zeigen welche Richtung ich laufen muss. Die Mitte dieser Stadt ist ausgeschildert. Das ist schon mal ein gutes Zeichen, die Mitte. Uns Menschen gibt man in Lebenskrisen auch immer wieder die Aufgabe, unsere Mitte zu finden. Dort, wo Frieden herrscht, alles im Einklang ist. Der Weg zur Mitte dieser Stadt führt wenige Schritte weiter eine Treppe hinauf. Eine Treppe zum Aufstieg. Der Aufstieg zu einem Ziel...

Meine Augen erreichen die Ebene des Straßenverkehrs. Farben bewegen sich vor meinen Blicken. Die Farben der Kleidung derer, die durch die Stadt hasten. Es macht auf mich den Eindruck, als flüchten sie vor etwas. Ich stelle mich mitten in diesen Strom. Mein Bewusstsein macht mir deutlich, wie groß die Welt hier sein kann. Überall Plakate mit Werbung, dicht an dicht. Jeder möchte sein Produkt als das Beste wissen. In unserer kleinen Stadt sind mir manchmal die Schilder mit diesem kleinem Jungen begegnet. Sie erinnern sich an dieses gelbe Schild vor dem Mund?

Und in der Hektik dieser Stadt wird mir klar, wie schwierig es hier erst sein würde, auf meine Forderung aufmerksam zu machen. Die hastenden Menschen sind es, wo mich durch die Passagen mit ihren Geschäften treiben, ohne eigentlich genau zu wissen, wo ich hin muss. Ein mühseliger Weg liegt vor mir, denn die vielen neuen Einflüsse fordern hohe Konzentration auf mein Anliegen. Wie finden sich die vielen Menschen hier zurecht?

Die Kleinen unserer Welt, wo laufen sie entlang, wenn sie nach etwas suchen?

Geborgenheit ist weit und breit im Strom der Masse nicht zu finden. Um so fester halte ich meine Plakate in der Hand, aus Angst, man könne sie mir aus der Hand reißen. Eine Verfolgung würde sich in den Mengen verlieren.

100

Nach einigen Fußmärschen beginne ich mich durchzufragen zu diesem Gebäude, wo einen neuen Schlüssel für unsere Kinder erfindet. Schließlich verweist man mich auf eine Touristikinformation. Man schaut mich etwas irritiert an, als ich nach dem Platz der Gesetze frage. Eine innere Stimme verweigert mir aber nähere Erklärungen. Ich möchte nur so schnell als möglich dort hin gelangen.
Die Beschreibung ist kinderleicht. Ja, ich glaube, selbst ein Kind hätte in diesen Massen den Weg gefunden.

Mit den Clowns auf meinen Plakaten in der einen Hand, schaue ich gespannt die Wände des Gebäudes hinauf. In der anderen Hand greife ich ins Leere. Die Nähe zu unserem Sohn ist im Laufe der Zeit eine emotionale Welt geworden. Nur für mich sichtbar. Eine lange graue Mauer erstreckt sich entlang des Gehweges- Der Landtag. Mittendrin dieses Glashaus. Jeder kann hineinschauen. Doch die Blicke haben nicht die Kraft durch diese Mauern zu schauen. Eine Mauer, die noch zu durchbrechen ist ? Nur ein kleines Glashäuschen, geschmückt mit seiner Durchsichtigkeit. Der kleine bucklige Mann sitzt wie ein Wächter vor einer Zeitung. Er muss sicherlich die Neuigkeiten in der Zeitung lesen, die in diesem Gebäude entwickelt werden.
Ich nähere mich diesem Mann und anfangs ignoriert er mich. Bis ich eines dieser Plakate durch einen Schlitz schiebe. Er schaut hoch, lächelt verlegen. Schließlich schiebt er einen Teil des Glases zur Seite. Gefolgt von meinem Plakat, welches er mir zurückschiebt.
„ Haben Sie eine Einlassgenehmigung für Ihr Anliegen ?" Ich überlege, denn ehrlich gesagt, habe ich gehofft, dieses Plakat hätte diese Fähigkeit. Meine Gestik lässt erkennen, dass ich keine Einlassgenehmigung habe.
„ Unter diesen Umständen kann ich sie nicht hineinlassen. Sie brauchen eine Besuchererlaubnis. Erst dann können Sie vorsprechen." Etwas forsch schob er das Glasfenster wieder zu.

Seine Blicke vertieften sich erneut in die Zeitung. Woher soll ich jetzt diese Genehmigung bekommen? Ich möchte mir doch nur diesen neuen Schlüssel fürs Kinderland anschauen. Als ich ein zweites Plakat durchschiebe, erhebt er sich, unterbricht meine Versuche, mein Anliegen zu erklären, noch während er die Scheibe erneut öffnet. „ Machen Sie keinen Ärger. Ich kann Sie nicht hereinlassen!" Mit einem Knall schließt sich die Scheibe. Warum lässt er sich nicht erklären, was ich von ihm möchte ?

Sind Sie bereit ? Können wir losgehen ?

Ich greife in meine Jackentasche. Zum Vorschein kommt das Klebeband. Wenige Schritte vom Glashaus entfernt beginne ich. Plakat für Plakat klebe ich an diese graue Fassade der Mauer. Die leuchtenden Farben des Clowns folgen mir auf jeden Schritt. Hoffentlich öffnen sich hinter diesen Plakaten viele kleine Türen. Ist dies der Schlüssel ?
Wieder am Glashaus angelangt, erkennt dieser bucklige Mann erst meine Tat. Gestiken toben im Häuschen. Ich verstecke diesen Sturm von Aufregung hinter meinen Plakaten, die ich nun an die Glasscheiben klebe. Im Hintergrund erkenne ich nur diese Gestalt, wie sie von einem zum anderen Ende des Raumes flüchtet. Eine Flucht vor Verantwortung. Die Clownsgesichter beginnen, sich in Bewegung zu setzen. Ausgelöst durch seine Aufregung. Den Rest der Plakate schiebe ich durch den Schlitz mit dem Vermerk „ Für unsere Politiker!" . Dann wende ich mich ab, flüchte mich in den Strom der Massen. Angst kommt auf, zu weit gegangen zu sein. Zweifel begleiten mich diesmal an der Stelle meines Freundes. Das kann ich nicht von ihm erwarten.
Die Augen der Menschenmengen folgen mir, sichtlich erstaunt über meine Tat. Nun wird mir klar: Dies ist der Schlüssel an die ganze Welt. Jeder schaut auf mich. Diese Plakate sind nun sichtbar für die ganze Welt. Fasziniert von diesen Blicken ergreife ich die Flucht . Nach einem kurzem Lauf erreiche ich diese

Treppe, wo zum Bahnsteig führt. Der Weg führt nach unten. Dort kann man mich nicht sehen. Auf dem Bahnsteig nach Hause verstecke ich mich hinter eines dieser Werbeplakate.

Immer wieder flüchtige Blicke vorbeispickend am Werbeplakat, halte ich Ausschau, nach denjenigen, wo mir gefolgt sein könnten. Doch kein Politiker ist gefolgt, keine Polizei. Sicher stehen sie alle an dieser Clownmauer. Wie einfach Fassaden doch einstürzen können.

Mein Puls trommelt noch immer in mir, wie erstarrt warte ich hinter dem Plakat." Bloß nicht bewegen !", denke ich.

Die Stimme der Bahnsteigdurchsage lässt Schweißperlen auf meiner Stirn entstehen. Im ersten Moment ergreift mich die Angst, man hätte mich entdeckt, und fordere mich nun auf, mich zu zeigen.

Im Nachhinein muss ich sagen, ich hätte mich gezeigt. Schließlich suche ich nach diesem Paragraphenschlüssel. Diese Suche ist bestimmt ein Teil meiner Vaterrolle.

Mit lautem Getöse fährt der Zug in den Bahnhof ein. Erst als die Türen geöffnet sind, ergreife ich die Flucht in eines der Waggons. Verstört suche ich in meinen Jackentaschen nach dem Fahrschein. Gott sei Dank, in einem Loch des Innenfutters steckt sie. Ich bin froh, dass man auf dem Fahrschein nicht erkennen kann, wo ich heute überall gewesen bin. Spätestens nun können die Politiker sich Gedanken machen über unsere Familienpolitik, über ihr Vorhaben. Dieses Plakat erzählt ihnen jetzt noch einmal, wie wichtig dieser neue Schlüssel ist.

Im Abteil machen mich die Blicke der Menschen nervös, als würde man mir mein Erlebnis ansehen. Wie weit diese Spuren wohl jetzt reichen? Oft genug bin ich diesen Weg ja nun gegangen.

Oder meinen Sie, liebe Leser, wir sollen zuhause noch einmal durch die Nacht schleichen, damit es auch die letzten verstehen?

Würden Sie mit mir gehen?

Die Zugfahrt nutze ich, um mir auszumalen, wie es aussieht, in der Nacht noch einmal in die selbe Kerbe zu schlagen. Plakat für Plakat, Clown für Clown. Die Nacht erneut zum Leuchten bringen. Und sollten die Farben nicht die Kraft zum Leuchten haben, nehmen wir einfach einen lachenden Clown. Lachen verändert Welten. Ich würde auch gerne mal wieder richtig lachen. Zusammen mit den Kindern dieser Welt. Denn auch das Lachen gehört zu unserer Elternrolle. Es befreit Kinderseelen, lässt sie wachsen.

Sonnenstrahlen erreichen das Zugabteil, verzaubern Frühjahrskälte in Wärme. Felder und Wiesen rauschen vorbei, ab und zu erkennt man Spaziergänger, Fahrradfahrer. Sie haben meine Botschaft bestimmt nicht erhalten. Es ermutigt meine Idee. Kraft für meine Taten habe ich zum Teil durch die Gleichgültigkeit der Verantwortlichen genommen, getrieben von meiner Liebe zu unserem Sohn, meiner Elternrolle. Irgendwie ironisch, aber es funktioniert. So wie diese ironisch bunten Fenster an der Kirche.

Etwas entkräftet von meinen Gedanken erreicht der Zug die Stadt, in der ich schon oft mit Plakaten auf der Strasse war, nur im kleinen Kreis.

In den Strassen ist alles unverändert. Weit weg von meiner Reise hat hier niemand etwas gemerkt. Es gibt mir ein bisschen Sicherheit. Und doch überkommt mich diese Frage, warum eigentlich nirgends meine ganzen Aktionen auftauchten. Keine Zeitung, kein Mensch zeigt mit dem Finger auf mich , womöglich mit dem Vorwurf, die Öffentlichkeit so zu beeinflussen.

Hat man Angst ? Haben die Verantwortlichen Angst, öffentlich Erklärungen abzugeben? Das könnte wieder eines dieser Fassaden sein. Denn reagiert hat man bisher nur sehr vorsichtig. Man hat mir immer nur geschrieben, ohne alle Kinder einzubeziehen. Doch mittlerweile hat dieser Kampf den Wert angenommen, dass es gar nicht nur um unseren Sohn geht. Viele Kinder leben auf dieser

Welt, die in der gleichen Situation leben. Sie suchen nach dem anderen Elternteil. Und können sie sich nicht richtig ausdrücken oder wir Großen hören ihnen nicht aufmerksam zu, werden sie irgendwann auffällig. Sei es später in der Schule, im Beruf. Dann fehlt es ihnen an Standfestigkeit, an Wurzeln, die sie für das weitere Leben prägen. Jeder Mensch braucht das Wissen über seinen Ursprung. Das dürfen wir Erwachsenen unseren Kindern nicht verheimlichen.

Doch ganz gleich durch welche Gassen ich schlendere. Überall wird so getan, als hätte man nie eines dieser Plakate entdeckt. Meine Ehrlichkeit hat sicherlich manchen zurückgeschreckt. Ob man noch immer an dieser Mauer vor dem Landtag steht, und sich die Gesichter von den Clowns anschaut ? Ich möchte wissen, ob man sich in dieser kleinen Stadt ebenfalls an die Fassaden stellt, geprägt von einem lachendem Clown.

Immer wieder erscheint das Gesicht. Zusammen mit meiner Forderung lacht es mich an, dieses bunte Clownsgesicht, gezeichnet von strahlenden Farben. Der Drucker meines Computers gleicht einem Maler, wo immer wieder die gleiche Karikatur zeichnet. Das Clowngesicht für die kleine Stadt, in der ich lebe. Und viele Gesichter für die Stadt, in der unser Sohn lebt. Haben Sie Lust, mit mir durch die Nacht zu schleichen, um die Stadt zum Lachen zu bringen. Unterstützt vom neuen Schlüssel, wo von den Politikern gebastelt wird?

Etwas muss ich noch warten, denn draußen legen sich gerade erst die letzten Sonnenstrahlen der Frühjahrssonne auf die Kopfsteinpflaster der Altstadt. Auf die verbleibende Zeit kommt es auch nicht mehr darauf an. Zeit werde ich auch wieder investieren müssen, um einen neuen Rechtsanwalt zu finden, wo zusammen mit mir diesen Schlüssel des neuen Kindschaftsrechtes in Empfang nimmt.

Und wissen Sie, was mein Traum wäre? Unser Sohn könnte dabei sein.

Stolz könnte er ihn hochhalten, in der Hoffnung, wir Großen
hätten nun endlich dazu gelernt.
Über meine Gedanken legt sich Müdigkeit.
Als ich erwache, liegen die vielen Clownsgesichter kreuz und
quer im Zimmer verteilt. Der Computer hat eine ganze Armee von
Clownsgesichter gedruckt. Ich glaube, nun können wir durch die
Strassen marschieren. Sind Sie bereit ?

In einer Plastiktüte liegen alle Gesichter dicht beieinander.
Ausgerüstet mit Klebeband schleiche ich durch die Strassen.
Manche sind von der Dunkelheit überrascht worden, dass man
kaum die richtige Richtung erkennt. Dort beginnen wir am besten,
und tasten uns vor bis zu den hellen Orten dieser Stadt.
Manchmal werde ich durch den Schein angrenzender Laternen
von meinem Schatten überrascht. Er kann meine Tat vertuschen,
so dass man uns nicht so einfach erkennt. Diese Gesichter von den
Clowns hätte ich gerne gesehen. Doch die eigene Hand verrät,
dass die Dunkelheit sehr mächtig ist. Fast beängstigend.
Strasse für Strasse, immer in Richtung Helligkeit, vor bis zu den
Kneipengassen.
Trotz Dunkelheit herrscht ein reges Treiben in diesen Gassen. Die
Zeit wurde hier nicht verraten. Mir springt der Gedanke im Kopf
herum, jedem vorbeilaufendem einfach ein Plakat in die Hand zu
drücken. Die Strasse zum Lachen bringen, in der Hoffnung, bald
diesen Schlüssel in der Hand halten zu können. Würden Sie eines
dieser Plakate in die Hand nehmen ?
Entlang der Hausfassaden schleiche ich mit diesen
Clownsgesichtern. Aus manchen Kneipen hört man laute Musik,
gemischt von lautem Gelächter . Die Clownsgesichter würden hier
gut hineinpassen... .
Worauf warten wir ? Gehen wir einfach hinein, bringen ein großes
Plakat an die Eingangstür, unterstützt vom Lachen der Menschen.
Der Wirt ist sichtlich begeistert von meinem Clown. Er kennt die

Geschichte. Im Laufe der Zeit kennen viele diese Geschichte. Ein Trost, nicht alleine in diesem Kampf zu sein.

Es leuchtet. Der Clown für unsere Kinder hängt. Ein kurzer Smalltalk mit dem Wirt lässt die Situation etwas auflockern. Meine Aktion am Landtag habe ich ihm nicht erzählt.

In dieser Nacht hänge ich noch viele Clowns in die Stadt. Überall dort , wo man morgens auf dem Weg zur Arbeit vorbeiläuft, um schnell die Neuigkeiten des Tages zu erhaschen .

Die Scheiben der städtischen Zeitungen sind eiskalt durch die Dunkelheit der Nacht. Dort, wo man die Neuigkeiten aufhängt, hängt nun ein Clown. Die Schreckensnachrichten unserer Welt sehen schon viel fröhlicher aus. Diese Ironie, Weltpolitik, Umweltkatastrophen, angelacht von einem Clown. Aber genau diese Aktion muss es sein, glaube ich, damit die Menschen sich von diesem Lachen anstecken . Hellhörig werden.

Denn eins haben wir bereits gelernt, meist von unseren eigenen Kindern: Lachen befreit Menschenseelen.

Und ich will ehrlich zu Ihnen sein: Mit einem Lachen im Gesicht bin ich in dieser Nacht nach Hause gekommen. Angesteckt von meinem Mut. Die Stadt lacht.

Selbst im Schlaf glaubte ich gelegentlich das Lachen der Stadt zu hören. Befreien wir diese Stadt von Ihren Fassaden !

Träume und Plakate mit Clownsgesichter helfen uns dabei.

Im Traum habe ich vielen Kindern das Gesicht bunt gemalt. Manche waren trauriger Natur, andere lachten. Mit ihren Masken vor dem Gesicht sind wir durch die Strassen marschiert. Mit Malkreide bemalen wir die Kopfsteinpflaster in einer Pracht, die Mut macht ,weiterzugehen. Die Strassen leuchten in ihren Farben den Weg. Ist es der Weg zum Schlüssel des neuen Kindschaftsrechtes ?

Geblendet vom Leuchten der Strassen erwache ich am nächsten Morgen. Hastig ziehe ich mich an, möchte mir das Lachen der Stadt in der Helligkeit des Tages anschauen. Das erste Plakat begegnet mir bereits im Hausgang. Auf dem Weg nach Hause muss ich es verloren haben. Hoffentlich hat die Stadt ihr Lachen nicht über Nacht verloren. Kinder brauchen dieses Lachen.

Die Sonne strahlt über die Gehwege, gibt den ersten Blumen Kraft, ihre Pracht zu zeigen. Sie hat sicherlich eines dieser lachenden Clownsgesichter noch gesehen.

Dann erreicht es mich. Wie eine Quelle von Energie lachen sie mich an. Meine Plakate an den Türen der Kneipen hängen immer noch. Nur die Nachrichten des Tages haben das Lachen verdrängt. Aber es stört mich nicht. Denn selbst unsere Nachrichten erzählen nicht immer die Wahrheit. Und ich bin überzeugt, das Lachen dieser Clownsgesichter war ehrlich.

Es vergingen Stunden, bis ich begriffen hatte, dass ich es geschafft habe, endlich Spuren zu hinterlassen. Manchmal erreicht mich die Idee, zum Landtag zu fahren, um zu schauen, ob die Menschen noch immer vor den Mauern stehen. Sich noch einmal hinter eines dieser Werbeplakate zu verstecken, und vorbeizuspicken. Doch das Lachen in der kleinen Stadt reichte mir aus. Ich habe etwas erreicht.

Lassen Sie uns etwas Zeit vergehen, damit die Menschen die Möglichkeit haben, über die Gesichter nachzudenken.

Und seien Sie ehrlich: Manchmal würden Sie selbst gerne Ihr Gesicht bunt anmalen, um Ihre Welt zu verstecken..... .

Mit einem Glücksgefühl gehe ich von Kneipentür zu Kneipentür und bewundere die Gesichter. Eine Menge Menschen müssen hier vorbeigelaufen sein. Ich hoffe, sie erzählen ihren Freunden und Bekannten von diesem Clown. Die Masse wird Kraft haben, die wichtige Bedeutung des neuen Kindschaftsrechtes Mit Hilfe ihrer Stimmen und Meinungen zu stärken. Manchmal male ich mir aus, wie es wäre, wenn wir alle mit den Kindern dieser Welt und den Plakaten Signale setzen würden.

Am Ende der Kneipengasse bleibe ich stehen, mit den Blicken die Strasse entlang. Man kann beobachten, wie manche Menschen vor diesen Plakaten stehen bleiben. Wenn die wüssten, dass ich hier stehe. So sieht es also aus, wenn die Menschen vor den Mauern des Landtages stehen bleiben. Nur werden es dort wesentlich mehr sein.

Eine ganze Weile beobachte ich die erstaunten und neugierigen Blicke der vorbeilaufenden Menschen. Mit welchen Gedanken die wohl heimgehen...?

Was würden Sie eigentlich denken, wenn eines Tages ihr Blick das Lachen eines Clowns mit dieser Forderung erreicht?

Das Läuten der Kirchturmglocke erinnert mich an die Zeit. Eine volle Stunde stehe ich nun hier. Erst jetzt spüre ich die Kälte, wo sich an diesem Morgen unter meine Jacke drängt. Es ist Frühling, und der Schein der Sonne erreicht nur minimale Temperaturen. An meiner Stammkneipe angekommen, halte ich inne. Das Beobachten der Menschen hat mir Kälte eingebracht. Ich beschließe, mich aufzuwärmen.

Ein komisches Gefühl, ich drücke gegen die Eingangstür der Kneipe und werde von einem Clown angelacht, dem ich letzte Nacht die Dunkelheit gezeigt habe.

Aber dieses Lachen steckt an. Ich nehme es mit in die Wärme. Mein Lachen wird erwidert. Es wirkt ein wenig, als spüre man einen Siegeszug. Das Lachen verrät, dass viele an diesem Clown vorbeigelaufen sind. Ich muss an die tanzenden Clownsgesichter am Glashaus des Landtages denken. Denn hier wusste niemand, das ich dort war und diese Gesichter zum Tanzen gebracht habe durch die Gestiken des aufgebrachten Wärters am Eingang.

Ich spüre Bewegung. Und sei es durch das Lachen der Menschen in den Kneipen.

In der nächsten Zeit bin ich diesem Lachen oft begegnet. Die Stadt lacht. Lachen gibt Kraft, den nächsten Schritt zu machen. Aber was ist der nächste Schritt? Abwarten, bis die Politiker uns Eltern die neuen Schlüssel aushändigen? Warten, wie kleine Kinder auf Weihnachten warten, oder gespannt sind auf ein zu erwartendes Erlebnis? Geduld ist gefragt.

Zeit vergeht. Die Monatsblätter fallen in regelmäßigen Abständen vom Kalender. Auf jedem Blatt erscheint ein anderes Kindergesicht. Sie erinnern sich ? Am Anfang des Jahres habe ich ihn mir gekauft. Manche Gesichter sind bemalt wie ein Clown. Manche ähneln einem Krieger. Ich hoffe, der Krieg ist nun bald vorbei.

Draußen wird es allmählich wärmer. Die Welt zeigt langsam wieder ihre Farbenpracht. Die Vögel kehren aus den warmen Ländern der Erde zurück. Ob sie auch im Kinderland waren? Diese Wärme war es heute, die mich dazu motiviert, einen Spaziergang zu machen. Mittlerweile werden die Clownsgesichter vom Lachen der warmen Sonnenstrahlen unterstützt. Welche Energie plötzlich fließt. Vorbei an diesen Gesichtern spaziere ich, bis plötzlich eine Gestalt aus einem Cafe stolpert. Beinahe hätte sie mich umgeworfen. Einen stürmischen Tanz vollzieht diese Gestalt , die ich durch das Blenden der Sonne nicht erkenne. Mit beiden Händen ergreife ich die Oberarme, und bitte um Stille. Was ist geschehen ? Nun erkenne ich eine gute Bekannte. Die ist vielleicht aufgeregt. Sie sprudelt unverständliche Worte aus sich heraus. Mit aller Kraft zerrt sie mich in das Cafe, vorbei an den Barhockern. Meine Augen brauchen eine Weile, um sich an die Dunkelheit zu gewöhnen.

„ Dieser Mann kann Dir helfen!" .Ihre Finger sind auf einen Mann gerichtet, wo mit einer Zigarette am Tresen steht. Ein Politiker ?

„ Haben Sie diese Plakate gemacht ?".

Mein Herz beginnt unruhig zu stolpern, so dass ich schwer Luft bekomme. Richtig beklemmend , dieses Gefühl. Ich suche nach Worten, in der Angst etwas falsches zu sagen.

„ Gefallen Sie Ihnen ?". Diese Antwort wird angebracht sein. So gebe ich mich nicht gleich am Anfang zu erkennen. Schließlich weiß ich nicht, was dieser Mann von mir möchte.

„ Kennen Sie das neue Kindschaftsrecht ?"

Also, doch. Er hat mich erkannt. Mein Atem verrät Aufregung. Bin ich zu weit gegangen ?

Schließlich sprudelt es aus mir heraus. Meine Bekannte hat mich angesteckt mit ihrem Redefluss. In aufgebrachtem Wortfall schildere ich meine Erlebnisse der letzten Monate. Irgendwie merke ich, wie meine Seele zu holpern beginnt. Spurlos ist dieser Kampf nicht an mir vorbeigegangen. Und wer weiß, ob er wirklich bald beendet ist.

Immer mehr Gesichter im Cafe drehen sich zu mir herüber. Sie werden alle diese Geschichte nicht kennen. Diese Gesichter hätte ich am liebsten bunt bemalt, und wäre mit Ihnen zusammen lachend auf die Strasse gegangen. Diesem Kampf ein Ende setzen. Durch meine Erzählung vergisst der Mann, seine Zigarette auszudrücken.

„ So eine Geschichte habe ich aber auch noch nicht gehört. Kommen Sie morgen früh in meine Kanzlei. Bringen Sie Ihre Unterlagen mit. Wir werden ein Umgangsrecht durchsetzen." Mit Bestimmtheit erhebt er sich, schiebt mir noch seine Visitenkarte zu. Dann verschwindet er im Schein der Sonne. Ein paar warme Sonnenstrahlen erreichen noch den Tresen, bevor die Tür hinter ihm zufällt. Meine Blicke etwas verstört auf die Karte gerichtet, erkenne ich nun, wer dieser Mann ist. Mehrmals lese ich diese Karte, bis ich es begreifen kann. Er ist Anwalt. Zu dem Fachanwalt für Familienrecht.

Wie in einem Film kommt mir die Suche vor Monaten nach einem neuen Anwalt vor, wo mir meine Fußabdrücke auf Schritt und Tritt gefolgt sind. Damals wollte ich keinen neuen Anwalt aus Angst, er zeige wieder nur eine Fassade.

Diese Clownsgesichter sind es also gewesen, wo durch ihr Lachen diesen Mann aufmerksam gemacht haben. Gott sei Dank können die Clowns noch lachen. Mir ist es in der letzten Zeit verdammt schwer gefallen. Verlangt hat es jeder.

Taumelig vor innerer Begeisterung verabschiede ich mich mit einer Umarmung von meiner Bekannten, die Unruhe in mir treibt mich in die Natur. Stundenlang gehe ich spazieren, um gerade geschehenes zu verarbeiten.

Es gibt Momente, wo ich das Gefühl habe, diese Geschichte wiederholt sich ständig. In der Natur begegne ich wieder diesen Feldwegen, wo mich mit ihren Pfützen vor vielen Monaten zum Tanz aufgefordert haben. Und wir Großen waren es, wo diese Forderung weitergegeben haben. Die Politik, unsere Menschen haben wir durch Plakate, Proteste, Lichterketten aufgefordert, einen Tanz einzuüben, der den Kindern unserer Welt Gerechtigkeit verschafft. Ich denke, Gerechtigkeit ist ein Tanz, der viel Balance abverlangt.

Auf den Baumkronen sitzen die ersten Vögel und genießen die Ruhe. Ja, Ruhe ist es, wo zum Wohle unseres Kindes einkehren sollte, damit wir Großen die Kraft verwenden, ihm unsere Welt zu zeigen.

Der Himmel glänzt in blauem Schimmer, keine einzige Wolke. Es wird von uns nun erwartet, dass wir diesen Tanz beherrschen. Helfen möchte mir der Rechtsanwalt, dessen Spezialgebiet Familie ist. Ob dieser Mann selbst Familie hat, oder woran liegt es, dass er sich so gut auskennt ? Ich vertraue ihm.

Der Weg nach Hause könnte man mit einer inneren Zeremonie vergleichen. Ein neuer Abschnitt in der Geschichte von uns Eltern. Ein neuer Versuch, unserer Rolle gerecht zu werden. Richtig festlich wirkt es erst in der Dunkelheit, als die Laternen in den Strassen uns den Weg nach Hause weisen. Bewusst spreche ich in der Mehrzahl. Unser Sohn ist gedanklich auf dieser Reise immer dabei gewesen.

Doch bevor ich nach Hause gehe, schaue ich noch einmal bei den lachenden Clowns vorbei. Kann ich sie bald unserem Sohn zeigen?

Die Nacht gleicht einer Reise durch einen Tunnel. Der Tunnel, wo hoffentlich uns Erwachsenen in die Welt führt, wo für Kinder Frieden herrscht. Eine Insel, wo man Kinder und Erwachsene zusammen sieht, sei es im Sandkasten, auf einen Tretboot, oder zu Weihnachten unter einem Baum.

Gibt es wirklich diese Insel?

Dieser neue Tag soll ein besonderer sein. Auf dem Weg zur Kanzlei erinnert mich immer wieder dieser Tunnel zur neuen Welt an meinen Traum. Wachsam überquere ich die Strassen, die den Weg kreuzen, in der Hoffnung, es war diesmal nicht nur ein Traum. Angefangen hat diese Geschichte schließlich auch mit einem Traum. Und erinnern Sie noch? Damals wollte ich den Traum nicht. Trauer hat ihn begleitet, wirkte hoffnungslos, jeder gab mir zu verstehen, erließe sich nicht ändern.

Ein vergoldetes Schild stoppt meine Gedankenreise. Sein Name glänzt in der Sonne. Warum habe ich es im Winter nicht entdeckt, wo ich auf der Suche nach einem neuen Rechtsanwalt war ? Vielleicht war es nicht der richtige Zeitpunkt. Sicherheitshalber hole ich diese Visitenkarte aus meiner Jackentasche heraus. Er ist es wirklich. Der Name auf dieser Karte bekommt durch die Sonnenstrahlen sogar etwas Glanz von dem Schild am Eingang ab. Damals, wo ich vor dem Ordnungsamt stand, haben die Buchstaben auch geleuchtet. Ich nahm es zum Anlass, hineinzugehen. Mit meiner Handfläche drücke ich gegen die Scheibe der Tür. In der anderen halte ich die Reise von Kinderseelen. Vorbei an Ungerechtigkeit, an Politikern, Demonstrationen am Jugendamt und Fernsehen, Lichterketten in Kirchen. Mit meiner ganzen Kraft des linken Arms halte ich den Ordner an mich. Diese Reise hat Kraft gekostet, geführt hat sie mich bis an diese Tür und soll mir nun zusammen mit dem neuen Paragraphenschlüssel den Weg ins Kinderland zeigen.

„Was kann ich für Sie tun ?". Eine junge Frau schaut mich freundlich an, mit den Augen auf meinen Ordner gerichtet. „ Ich habe einen Termin zur Antragstellung eines Umgangsrechtes".

Solche Anträge habe ich schon oft gestellt. An den verrücktesten Orten.

„ Darf ich Ihre Unterlagen schon weiterreichen ?". Mein Vertrauen zu diesem Anwalt ermutigt mich, diesen Ordner von einer Kinderseele aus der Hand zu geben. Es ist bis zum heutigem Tage das einzige, was mir geblieben ist.

Die Beschriftung des Ordners muss sie stutzig machen, denn immer wieder streifen ihre Blicke auf meinen Schriftzug " Wiedersehen unser Sohn". Ich habe vor Monaten diesem Ordner diese Aufschrift gegeben. Es erinnert mich an das Ziel von uns Erwachsenen, welches wir immer im Auge behalten sollten. Gefüllt ist dieser Ordner mit den Schreiben der Gegenseite. Zusammen mit ihren Vorwürfen haben diese Schreiben sich gemischt mit meinen Plakaten, Schreiben von Politikern, die mich aufforderten, zurückzukehren. Post von der Regierung, vom Fernsehen, und meine Versuche, die Vorwürfe zurückzuweisen.

Die Frau bittet mich, durch die gegenüberliegende Tür zu gehen, und zu warten.

Das Wort „Warten" droht im Strom der neuen Gesetze, in meiner Aufregung zu ersticken.

Ungeduldig wippen meine Füße über den Teppich. Nur die Bewegung verriet diesen Rhythmus , den ich gerne mit den Kindern unser Welt zum Ausdruck gebracht hätte. Mit Trommeln durch die Strassen ziehen, Strassen bemalen und gegen diesen seelischen Schmerz zu kämpfen.

Meine Gedanken werden vom Hereintreten des Anwaltes unterbrochen. Bestimmt geht er auf mich zu, reicht mir die Hand und bittet mich ihm zu folgen.

In seinem Arbeitszimmer liegt er wieder. Der Ordner unseres Sohnes, wo mit seiner Aufschrift uns Erwachsenen zum erwachen aufforderte. Ob er schon hineingeschaut hat ? Was denkt er von mir ?

Seine Blicke strahlen Nachdenklichkeit aus. Er muss in diesen
Ordner geschaut haben, seine Blicke haben einen Ausdruck, als
wäre er etwas fassungslos.
„ Wie lange geht das schon so ? Ich meine, sie haben ganz schön
Bewegung in die Sache gebracht. Wann haben Sie denn Ihren
Sohn das letzte Mal gesehen ?". Ich überlegte, lief den bisherigen
Weg gedanklich zurück, vorbei an den vielen Hausfassaden, den
Clownsgesichtern, den Politikern. Vorbei an den Häusern, wo
einmal für die Rechte unserer Kinder gebaut wurden. Dieses
Bettlaken, wo im Wind wehte. Die Fahne für das Kinderland.
Ich höre diese Stimme meines Rechtsanwaltes, wo mir keine
Chance gab, sah diese Frau mit ihren Falten im Gesicht, wo in der
Kirche saß. Dann war da immer wieder diese Frage unseres
Sohnes, wann ich zu ihm komme, er müsse mir sein neues Auto
zeigen.
Ich schaute bedrückt zu ihm herüber," Ich glaube, es sind jetzt fast
20 Monate." Ich musste mich zusammen reißen, um nicht die
Fassung zu verlieren. Spuren hat dieser Kampf hinterlassen. Und
am liebsten hätte ich diesen Rechtsanwalt gefragt, ob er glaube,
unser Sohn würde uns noch kennen. Ich traute mich nicht. Die
Hoffnung auf ein Wiedersehen versteckt sich momentan hinter
diesem neuen Schlüssel.
„Sie kennen das neue Kindschaftsrecht ? Glauben Sie mir, wir
werden Ihnen den Zugang zu ihrem Sohn ermöglichen. So
schreibt es das neue Gesetz vor. Ich werde noch heute einen neuen
Antrag auf Umgangsrecht stellen, so dass wir pünktlich zum
Inkrafttreten des neuen Gesetzes das Verfahren eröffnet haben."
Meine Augen verraten Dankbarkeit, aber auch ein wenig
Benommenheit. Ich spürte wie sich innerlich eine Verkrampfung
löste. Ich glaube, es war die Hoffnung. Hoffnung, endlich
loslassen zu können. Keine Plakate mehr, keine stundenlangen
Diskussionen beim Jugendamt. Kein kleiner Politiker, wo meine
Proteste verfluchte, weil ich ihm zu nahe trete. Dabei hat dieser
Politiker selbst Kinder.

„Ich werde Ihnen den neuen Antrag in Kürze zukommen lassen. Auch der Gegenseite werde ich die Wiederaufnahme des Verfahrens ankündigen. Verhalten Sie sich einfach nur ruhig. Denn sicherlich wird sich die Mutter ihres Sohnes über diesen Antrag nicht gerade erfreuen. Bitte verursachen Sie keinen unnötigen Streit. Es verlängert nur das Verfahren, weil man Ihnen neue Vorwürfe machen kann.

Meine Sekretärin wird Ihnen zur Unterschrift noch eine Vollmacht vorlegen, damit ich vor Gericht Ihr Interesse vertreten kann."

„Ach so, noch etwas: Bitte keine neuen Plakate mehr. Die werden Sie nicht mehr brauchen." Er lächelte dabei, als wolle er mir zu verstehen geben, das er es genauso gemacht hätte.

Doch eine Frage beschäftigt mich: Ist es eigentlich nur mein zu vertretendes Interesse ?

Ich denke, dies sollte das Interesse aller Eltern sein, und vor allem sollte es dem Wohl des Kindes dienen. Und ich erinnere mich noch genau, wie ich früher als Kind verzweifelt nach meinem Ursprung gesucht habe.

Erleichtert verlasse ich mit einem stark betontem Danke das Büro. Im Sekretariat empfängt man mich schon mit dieser Vollmacht. Beim Unterschreiben spürte ich, wie eine Last von mir wich. Nun kämpfe ich nicht mehr alleine.

Draußen begrüßt mich die Sonne mit ihrer Wärme. Ein reges Treiben herrschte in der Innenstadt. All diese Menschen, wo von einer Verpflichtung zur nächsten eilten. Einfach mitten in diese Massen gestellt, lasse die Hektik an mir vorbeifließen.

Hektik war es, was mich in den letzten Monaten begleitet hat. Von einem Anwaltstermin zum anderen. Etliche Gespräche beim Jugendamt, geführt von Emotionen. Und immer, wenn ich dieser Hektik entfliehen wollte, merkte ich bald, dass ich genau diese Hektik brauchte. Um Stück für Stück an die Wichtigkeit meiner Vaterrolle zu appellieren. Wie beim Zusammensetzen eines komplizierten Puzzles. Doch ganz ist es noch nicht fertig. Es

fehlen mir noch Teile, um wieder ein vollständiges Bild zu haben.
Dabei sollte mir die nächste Gerichtsverhandlung helfen. Mit
Angst denke ich an das nächste Zusammentreffen.
Ob es wieder der selbe Richter ist? Was wird man mich fragen?
Wenn ich ehrlich bin, ich hätte auch ein paar Fragen. Zum
Beispiel, wieso ich jetzt plötzlich ein guter Vater sein soll.
Entscheidet das wirklich ein Gesetz ? Oder die Meinung des
anderen Elternteils ? Und was erkläre ich unserem Sohn, wenn er
wissen möchte, wo ich all die Zeit war ? Ich bin überzeugt davon,
das es sein Recht wäre, uns Erwachsenen diese Frage zu stellen.
Denn mit dieser Frage geraten wir Großen in eine ziemliche
Zwickmühle. Jeder Richter, jeder Pädagoge wird mit dem
warnenden Finger auf mich zeigen, um mir deutlich zu machen,
das ich die Mutter unseres Sohnes ihm gegenüber nicht schlecht
machen darf. Darf ich denn lügen ? Unseren Kindern predigen wir
die Wahrheit, erzählen ihnen Geschichten von langen Nasen und
kurzen Beinen, wenn man lügt. Eine schwierige Aufgabe hat man
uns Großen da gestellt. Hoffentlich gibt es für diese Sache auch
ein passendes Puzzleteil.
Und wieder wird es für uns Eltern in Hektik ausbrechen, unseren
Kindern dies zu erklären. Um so faszinierender empfinde ich das
Treiben um mich herum, mitten in der Innenstadt.
Unwissend über meine Geschichte huschen die Menschen an mir
vorbei, und dabei bin ich überzeugt, dass bestimmt einige Eltern
gerade an mir vorbeigehen, wo mit der selben Geschichte
beschäftigt sind. Manchmal hätte ich große Lust, jemanden darauf
anzusprechen. Ob sie für dieses Thema Verantwortung
übernehmen würden. Denn seien wie ehrlich, liebe Leser. Eine
gewisse Schuld tragen wir alle. Nicht nur die Mütter, nicht nur
Gesetze, oder irgendwelche Richter, versagte Anwälte sind an der
Zerstörung kleiner Kinderseelen schuld. Es beginnt doch schon
bei unserer Unfähigkeit, sich ohne Streit zu trennen. Wir streiten
um die Liebe, um unsere materiellen Werte, beklagen die Mängel

des ehemaligen Partners, und alles meist auf den Rücken unserer eigenen Kinder.

An diesem Tag habe ich in der Innenstadt niemanden auf dieses Thema angesprochen. Auch die nächsten Tage habe ich darüber weniger gesprochen. Die Ruhe habe ich richtig genossen, um Kraft zu sammeln für die nächste Gerichtsverhandlung.

Ruhe hat in dieser Zeit auch unser Sohn erfahren. Keine Briefe von Anwälten, wo mit Anschuldigungen gefüllt waren. Ich habe in dieser Zeit auch nicht mehr versucht , bei unserem Sohn anzurufen. Das war die Bitte meines Rechtsanwaltes.

Auch ich bin nun täglich mit einer Bitte an meinen Briefkasten gegangen. Mit der Bitte auf das Erhalten des Schreibens vom Gericht. Mittlerweile war die Zeit da für eine wesentliche Veränderung.

Draußen kann man wieder bis in den späten Abend die Wärme im Freien genießen. Blumen lassen die Gärten bunt erleuchten. Schüttelt man an den Sträuchern, erheben sich Schmetterlinge in die Lüfte. Und die Bienen summen Lieder beim Vorbeifliegen. Ein Kinderlied ?

Manche Abende bin ich im Garten gesessen und habe mir ausgemalt, wie es wohl sein wird, wenn man nach so langer Zeit seinem eigenen Kind wieder begegnet. Zweifel sind darunter gemischt, ob dieser neue Paragraphenschlüssel auch wirklich in die Tür des Kinderlandes passt. Doch nach kurzer Zeit habe ich diese Zweifel besiegt mit dem festen Vorhaben, bei erneutem Versagen wieder mit diesen Clowns auf die Strasse zu gehen. Und auch diesmal würde ich die Politiker auffordern, mit mir zu gehen.

Einige Sommerabende vergehen, bis dieses Warten erlöst wurde. Dieser Umschlag vom Gericht, er sah genauso aus wie beim ersten Mal. Nur sein Inhalt kam mir dicker vor. Brauche ich als Vater wirklich soviel Information, um meine Rolle als Elternteil wieder in vollem Umfang aufnehmen zu können ?

Im Umschlag befand sich eine seitenlange Erklärung, warum man nun meine Vaterrolle zulassen müsse, begleitet von den neuen

Kindergesetzen. Eine ganze Armee von Paragraphen tummeln sich in dieser Erklärung, wie damals die Clownsgesichter.
Mein Anwalt erklärte dem Gericht sogar, warum damals die Klage von mir eingestellt wurde. Die Politik war machtlos. Zu viele Lücken in den Rechten unserer Kinder. Abgerundet wurde das Schreiben mit der Festsetzung eines neuen Termins. Mein persönliches Erscheinen wird gerichtlich angeordnet. Wie sich das anhört. Als wolle man mich mustern, ob ich für meine Rolle geeignet bin. Schließlich wird die neue Verhandlung erneut überschüttet werden mit Vorwürfen. Damals hat mir vorgeworfen, ich würde unseren Sohn verwöhnen, ihn gegen die Mutter aufhetzen. Schon wieder eine Lüge. Sollten wir Erwachsenen unseren Kindern gegenüber nicht Vorbild sein ?
Vielleicht hat man all die Vorwürfe auch fallen gelassen. Zum Wohle des Kindes... .
Nur kurze Zeit später aber stellte sich das Gegenteil heraus. Ein wilder Sturm von Vorwürfen wurde mir mit der Post zugestellt.
Dem Gericht wurde von der Gegenseite mitgeteilt, dass ich durch meine Proteste die Persönlichkeit der Mutter angegriffen hätte, sie unmöglich gemacht habe. Deshalb könne man einem Umgangsrecht nicht zustimmen. Ich hätte für großes Aufsehen gesorgt mit diesen Clownsgesichtern, wodurch die Persönlichkeit der Mutter eingeschränkt wurde. Ich wäre aggressiv, und nicht imstande mich sachlich mit dem Kind auseinander zu setzen.
Sagen Sie liebe Leser, haben sie sich schon mal sachlich mit ihrem Kind auseinander gesetzt ? Ist das eines von diesen Gesetzen ? Dagegen wehre ich mich. Niemand kann so etwas erwarten. Schließlich sind Kinderseelen leicht verletzlich.
Wir alle wissen doch, das Kinderseelen ein Gespür von Liebe, Geborgenheit benötigen. Hier ist doch keine Sachlichkeit angebracht. Emotionen sind hier gefragt, das Hineinversetzen in eine Kinderwelt. Und durch diese Plakate habe ich Emotionen Luft gemacht, habe mich zur Verantwortung meiner Vaterrolle

gestellt. Liebe habe ich verwendet, Sehnsüchte ausgestanden, aber bestimmt keine Sachlichkeit.

Selbst die Clownsgesichter haben mit der Emotion des Lachens die Fassaden gebrochen. Deshalb hat man sie ja überhaupt erst erkannt.

Diese Vorwürfe haben mich irgendwie schon gekränkt, doch auf der anderen Seite haben sie mir gezeigt, das genau die Gegenseite es war, wo mit Sachlichkeit arbeitet. Das ist bestimmt nicht der Schlüssel zu einer Kinderseele. Das könnte für mich eine Chance sein.

Die Tage vergehen. In der Abendsonne tanzen die Bienen und Schmetterlinge. Sie verbreiten eine Fröhlichkeit und die Hoffnung auf Erfolg. Mit welcher Gelassenheit sie sich durch die Lüfte bewegen. Erst vor kurzem habe ich in einer Zeitschrift ein Bild entdeckt, wo ein kleiner Junge durch eine Sommerwiese läuft und nach diesen Schmetterlingen greift. Sicherlich summt er zusammen mit den Bienen ein Kinderlied.

Jeden Tag habe ich im Kalender durchgestrichen. Am Tag der Gerichtsverhandlung habe ich das Wort „Kinderland" geschrieben. Und jedes Mal, wenn Besuch bei mir war und er auf den Kalender schaute, wurde ich nach diesem Tag gefragt. Ich habe meinen Freunden erklärt, das ich dort eine Reise ins Kinderland mache. Eine schöne Reise. Ein wunderschönes Land soll es sein.

Im Tanz dieser Schmetterlinge und im Summen der Kinderlieder vergingen die Tage, bis es dann endlich soweit war.

Diese Reise ins Land der Kinder wird sicherlich mit Stürmen verbunden sein. Vorwürfe werden an mir vorbeifegen, lautes Getobe von den Stimmen der Gegenseite. Vielleicht ist es gar nicht so verkehrt, damit endlich alle zur Ruhe kommen können, wenn sie ihren Frust noch einmal Luft gemacht haben.

Begrüßt wurde ich an diesem Morgen von der Sonne, und ihre warmen Strahlen ermutigen mich, all meine Kraft zu bündeln für ein reges Wortgefecht.

In eine Folie stecke ich gut geschützt meinen Antrag auf Kontakt zu unserem Sohn. Er darf auf dem Weg zum Gericht nicht beschädigt werden. Die ersten Stunden des Morgens verbringe ich in Unruhe. Ständiges auf- und abgehen in der Wohnung. In Gedanken lege ich mir jedes Wort zurecht, was ich sagen möchte. Was Sage ich eigentlich dem Richter ? Ich werde es probieren wie ein kleines Kind, und ihm einfach sagen, dass ich unseren Sohn sehen möchte. Ohne Paragraphen, ohne Anschuldigungen.

Diese Wellen von Unruhe lassen die Idee entstehen, mit dem Fahrrad zum Gericht zu fahren. Durch die Wiesen mit ihren summenden Kinderliedern. Nur wenige Menschen begegnen mir unterwegs. Die Sonne folgt mir auf allen Wegen, sogar ein Stück durch den Wald. Welch Kraft sie heute hat. Das neue Kindergesetz muss heute auch viel Kraft aufbringen.

Durch die vielen Farben unterschiedlicher Blumen und Sträucher kommt es mir vor, als wolle mir die Natur den Weg weisen, bis zum Eingang, der Stadt, wo das Familiengericht ihr Gebäude hat. Im Schein der Sonne wirken die Mauern des Gerichtes nicht mehr so trist wie damals im Tanz der Regentropfen und ihren bedrohlich wirkenden Wolken. In den Schein der Sonne würden jetzt gut die lachenden Clownsgesichter passen. Aber mein Anwalt hat mich gebeten, keine neue Aktionen mehr. Und ich vertraue ihm. Denn Vertrauen ist bekanntlich der Anfang einer neuen Welt. Die Welt der Kinder.

Die Treppenstufen im Gerichtsgebäude werden im Schein der Sonne richtig verschleiert. Es erinnert mich ein wenig an das Kinderheim damals, wo mir die Sonne den Weg ins Freie gewiesen hat.

An der Tür des Gerichtsaales angekommen, lasse ich mich auf eine Bank sinken. Aufgeregt tobt mein Herz. Schon lange habe ich die Mutter unseres Sohnes nicht mehr gesehen. Immer wieder höre ich gespannt auf jedes Geräusch im Gang, als erwarte ich jeden Augenblick wieder die Stimme meines Anwaltes, wo mir sagen muss, dass ich keine Chance habe.

Das Schlürfen von Schuhen auf den Treppenstufen lässt mein Herz immer wilder schlagen. Ist es die Mutter unseres Sohnes? Wie wird sie reagieren, wenn sie mich sieht?

Doch ein grauer Anzug lässt erkennen, dass es mein Anwalt ist. Das Schlürfen verrät, dass er diese Treppen schon oft gegangen ist. Es wirkt ein wenig müde. Ich hoffe nur, dass seine Müdigkeit genug Kraft hat, das Recht eines Kindes durchzusetzen.

Als er sich neben mich setzt, strahlt er große Gelassenheit aus und seine Blicke verraten, dass er weiß, was zu tun ist.

Plötzlich wandern seine Blicke wieder auf diese Treppenabsätze. Die Mutter unseres Sohnes erscheint in der Sonne auf der Wendung der Treppe. Wortlos gehen sie an uns vorbei. Ihre Schritte verraten Bestimmtheit. Sie scheint innerlich zu toben, denn immer wieder dreht sie sich um und wirft mir strafende Blicke zu. Was habe ich ihr bloß getan? Ist es ihre trauernde Seele, wo mich mit diesem hassenden Blick anschaut?

Etwas fragend schaue ich zu meinem Anwalt. Er schüttelt nur den Kopf mit einer Gestik, als wolle er zu verstehen geben, dass er ihr Verhalten nicht nachvollziehen kann.

Wo unser Sohn wohl gerade ist? Ob er weiß, dass wir um ihn streiten wie kleine Kinder um Spielzeug ? Nur das es hier nicht um Spielzeug geht, sondern um verletzliche Kinderseelen, um Vatergefühle, um Verantwortung?

Eine bekannte Stimme bittet uns schließlich den Saal zu betreten. Es ist der selbe Richter, und es ist der selbe Gerichtssaal. Alles unverändert. Geändert haben soll sich das Recht für unsere Kinder, festgehalten auf einem Stück Papier.

Eröffnet wird die Verhandlung mit der Erklärung neuer Gesetzesänderungen. Das Vorlesen dieser Gesetze wirkt auf mich wie ein Triumph. Doch Stolz verspüre ich keineswegs. Denn

irgendwie schäme ich mich für unsere Unfähigkeit, wie zwei
Erwachsene Menschen miteinander umzugehen.

Haben Sie sich schon einmal überlegt, warum wir uns eigentlich
immer bekriegen müssen ? Brauchen wir Erwachsenen diesen
Kampf, um endgültig voneinander loszukommen ?

Die plötzliche Stille im Gerichtssaal lässt alle Gesichter
aufmerksam werden. Die Lesung der neuen Gesetze ist beendet.

Die Mutter unseres Sohnes wird aufgefordert, zu schildern,
warum sie den Kontakt verweigere. An dieser Stelle hätte ich
eigentlich die Anschuldigungen vom Blatt ablesen können, die
man mir Tage zuvor mit der Post geschickt hat.

Mittendrin wollte ich mich einmischen, doch ein tiefer Atemzug
und das Abwinken der Handfläche meines Anwaltes forderte mich
zu schweigen. Stimmt, er hatte mich gebeten, mich ruhig zu
verhalten. Und ich vertraue ihm.

Zur Ruhe gehalten hat mich auch meine innere Gewissheit, dass
diese Anschuldigungen nur Erfindungen waren, um sich vielleicht
zu rächen. Aber wofür ? Ist es ein Verbrechen, wenn man sich als
Eltern nicht mehr versteht ?

Schließlich war es soweit. Ich durfte zu diesen Anschuldigungen
meine Meinung sagen.

Erinnern Sie sich noch an diesen Traum am Anfang dieser
Geschichte ? Diese Indianer, wo mich an die Hand nahmen, um
mit mir um dieses Feuer zu tanzen ?

Diesen Traum habe ich verwendet, um mit der Ruhe dieser
Indianer und dem Feuer zu erzählen, was mein Anliegen war.

Bewusst habe ich Anschuldigungen an dieser Stelle weggelassen,
denn darum geht es nicht. Es geht um das Recht kleiner und
großer Kinder. Vorwürfe und Streitigkeiten gehören nicht in das
Kinderland. Und wenn, sollte man unseren Kindern die Lösung
gleich mit auf den Weg geben.

Unterbrochen wurde mein Anliegen von der Gegenseite mit dem
Vorwurf, das alles würde ich nur erzählen, um mich vor Gericht

ins gute Licht zu stellen. Schon wieder ein Vorwurf! Hört mir die Gegenseite denn nicht richtig zu?

Ich erzähle gerade von dem gemeinsamen Ziel, einem unschuldigen kleinem Jungen sein Recht zu ermöglichen. Es geht nicht um unsere Streitigkeiten, um unsere verletzten Gefühle. Es geht um unsere Kinder. Ich spüre das unentwegte Brennen dieses Feuers von den Indianern in mir, welches mich während meiner Erklärung begleitete. Dort haben unterschiedliche Kulturen zum gemeinsamen Tanz aufgefordert. Das sollten wir Erwachsenen auch tun. Gemeinsam tanzen für unsere Kinder.

Das geht aber nur, wenn wir Großen begriffen haben, dass unsere Machtspiele und Streitigkeiten Kinderseelen zerstören. Und dazu haben wir kein Recht. Denn sie können sich nicht wehren. Emotionen geladene Vorwürfe sind es wieder, die sich vor meiner Erklärung aufbäumen. Der Richter schaut uns im Wechsel an, während er auf einem Blatt Notizen macht. Trotz anstrengender Blicke kann ich nicht erkennen, was er sich notiert. Ist es die bestandene Prüfung zur Vaterrolle? Nachdem sich die Angriffe der Gegenseite gelegt haben, verspürte ich irgendwie die innere Gewissheit, ein Stück weiter zu sein. Vor Monaten in der Verhandlung habe ich mich wie gelähmt erhoben, und das Einstellen des Verfahrens gefordert. Es wäre sinnlos gewesen. Doch diesmal hält mich das Wissen über meine Kraft im Gerichtssaal. Die Kraft, die mich zu meinen Aktionen bewegt hat, und die Kraft, den ständigen Emotionen über den Verlust des eigenen Kindes ausgesetzt zu sein. Und selbst die Politiker haben nun Kraft entwickelt, um die Rechte kleiner Menschen durchzusetzen. Das könnte eine Chance sein.

Eine knisternde Spannung tut sich auf, als der Richter sich erhebt, um uns mitzuteilen, dass er das Gefühl hat, wir würden uns nicht friedlich einigen können. Ich glaube, die Gegenseite sieht eine Bedrohung in meiner Vaterrolle. Der Richter gibt mir noch kurz die Gelegenheit zu erklären, dass es nicht mein Ziel sei, der

Mutter zu schaden. Und wie fest vorgenommen erkläre ich wie ein kleines Kind, das ich einfach nur ein Vater sein möchte.

Der Richter lässt sich wieder auf seinen Stuhl sinken.

Immer wieder versucht er die Kindesmutter darauf hinzuweisen, dass sie nach neuem Gesetz den Kontakt zulassen müsse. In Gedanken beginne ich zu jubeln, ein Zeichen hat sich aufgetan, das der neue Schlüssel in die Tür des Kinderlandes passt.

Ein Tauziehen um Rechte und Pflichten tut sich auf, doch mit aller Kraft sträubt sich die Anwältin von der Mutter unseres Sohnes gegen einen Kontakt. Ich könne nicht mit unserem Sohn umgehen. Nachdenklich wirkt der Richter, sichtlich suchend nach einer Lösung. Wieder blättert er in den neuen Gesetzesunterlagen. In dieser Armee von neuen Paragraphen war unter anderem geregelt, dass das Gericht auch einen Umgang unter Betreuung anordnen konnte. Ehrlich gesagt, diese Zeilen habe ich damals überlesen. Ich rutschte gedanklich in die Rolle eines Verbrechers, der beobachtet werden musste, wie er mit seinem eigenen Kind umgehe. Nach kurzem zögern erhob der Richter seine Blicke von den Unterlagen und erklärte der Gegenseite genau diese Möglichkeit.

Soll ich nun wirklich beobachtet werden, während ich mit unserem Sohn spiele? Das kann doch niemand von mir erwarten. Früher war ich doch auch alleine mit ihm im Sandkasten und habe Burgen gebaut. Wenn wir Drachen steigen ließen, standen auch nur wir beide an der Schnur, um ihn festzuhalten. Jetzt soll da noch jemand dabei sein? Ich will ehrlich sein: In diesem Moment verspürte ich erstmals Hass gegen die Mutter unseres Sohnes, dass sie alles so kompliziert macht, nur um mich zu demütigen. Denn jedem im Gerichtsaal war mittlerweile klar, dass dieser Schritt eigentlich nicht nötig wäre.

Doch ich glaube, es gehört zu meiner Vaterrolle dazu, diesen Hass schnell wieder abzulegen. Nur so hätte das Kinderland eine Chance.

Und tatsächlich, die Gegenseite stimmte zu. War das Eis etwas gebrochen?

Und so entscheidet das Gericht den Kontakt zu unserem Sohn mit Betreuung des Kinderschutzbundes. Jeden Monat für eine Stunde. Sie werden sich fragen, was man da fühlt ?

Wissen Sie, in diesem Moment kam ich mir vor wie ein Verbrecher. Das eigene Kind wird vom Kinderschutzbund geschützt . Sicher verspürte ich andererseits große Freude, nun endlich wieder unseren Sohn in den Armen halten zu können. Als wir den Gerichtsaal verlassen, wird das Gesicht der Mutter von einem zufriedenen Lächeln begleitet. Bis vor das Gerichtsgebäude. Ich wurde das Gefühl nicht los, verurteilt worden zu sein, als Vater, vor dem das Kind geschützt werden muss. Doch ich denke, genau das möchte die Gegenseite damit erreichen. Und noch bevor ich das Gebäude zusammen mit meinem Anwalt verlasse, habe ich beschlossen, dieses Spiel einfach mal mitzuspielen. Ein Spiel für Erwachsene, die offensichtlich noch immer nicht begriffen haben, das man auf diese Weise Kinderseelen zerstört. Denn unser Sohn wird fragen, warum man uns beobachtet. Wie er wohl aussieht?

Auf dem Vorplatz des Gerichtes werde ich von einem Winken empfangen. Einfach genial. Da stand er wieder. Mein Freund, wo mit mir viele Wege gegangen ist. In der letzten Zeit habe ich ihn etwas aus dieser Geschichte herausgelassen. Ich wollte ihm das alles nicht mehr zumuten. Ich selbst habe in der Vergangenheit gemerkt, welch Kraft das alles kostet. Nur von dieser Verhandlung habe ich ihm erzählt. Und nun stand er da, hatte wieder diesen fragenden Blick. Ich gab ihm einen kräftigen Stoß in den Rücken und erzähle über unseren Erfolg. Dann bricht es über mich zusammen. All diese Anstrengungen, diese verzweifelten Hoffnungen und jetzt nach fast zwei Jahren der Durchbruch trieben mir Tränen ins Gesicht.

Auch von dieser Betreuung erzähle ich ihm, und merke während meiner Erzählung, dass es mich mittlerweile nicht mehr so belastet. Wichtig ist, das unser Sohn nun wieder einen Vater hat. Denn sicher kennen Sie es: Menschen, die einem nahe stehen, kann man überall treffen, wenn man dazu bereit ist. Und für mein eigenes Kind würde ich jedes Land erobern. Und wenn man von uns erwartet, das wir uns jedes Mal auf einer kleinen Insel treffen müssten, die von Stürmen umgeben ist, damit sie nicht von jedem erreichbar ist, dann wird die Liebe diesen Sturm besiegen.

Mein Freund fing an zu tänzeln. Seine Füße wippten über den Asphalt. Ein Indianertanz. Das Feuer war besiegt. Wir haben es uns wie in diesem Traum einfach zum Freund gemacht.

Bevor wir den Platz jedoch verlassen, lege ich meinem Anwalt tiefen Dank in seine Hand. Er hatte in der Verhandlung nicht viel gesprochen, nur kurz auf das neue Gesetz hingewiesen und deutlich gemacht, das man um ein Umgangsrecht nicht herumkomme. Die Vorwürfe hatte er damals schon schriftlich zurückgewiesen.

Die Ruhe von uns hatte in diesem Verfahren gesiegt. Ruhe für unser Kind.

Auf dem Weg nach Hause male ich mir im Kopf diese Person aus, die uns vom Kinderschutzbund unterstützen soll. Wie sieht eigentlich ein Mensch aus, wo Kinder beschützt? Ich erwische mich nicht selten bei der Frage, was dieser Mensch wohl von mir denken muss, dass er nun beobachten soll, wie ich mich mit unserem Sohn beschäftige. In den letzten zwei Jahren habe ich immer andere Kinder beobachtet. Auf Spielplätzen, in Wäldern oder auf Schaukeln. Lebendige Kinderseelen sind mir begegnet. An diesem Tag bin ich vollkommen durcheinander. Am liebsten hätte ich unseren Sohn angerufen und ihm von unserer gemeinsamen Reise ins Kinderland erzählt.

Bilder tun sich auf, was man alles mit seinem Kind unternehmen kann. Und sicherlich, was wir alles nachholen müssen. Kann man das eigentlich ? Streitigkeiten und Machtspiele haben uns viel Zeit geraubt. Zeit ,in der unser Sohn sicherlich viele Fragen an mich gehabt hätte. Ich kenne es aus meiner Kindheit und jedes Kind auf der Strasse in diesem Alter zeigt es uns immer wieder aufs Neue. Diese ständigen Fragen nach dem Warum. Haben Sie eigentlich immer eine Antwort parat ?

Wenige Tage später erhalte ich vom Gericht das schriftliche Urteil. Da ist dieser Schlüssel, wo in die Tür vieler Kinderseelen passt. Gleichzeitig fordert man mich auf, mich mit einer Frau vom Kinderschutzbund in Verbindung zu setzen, damit der große Termin des Wiedersehens vereinbart werden kann.

Diese Warterei, sie machte mich in dieser Zeit fast wahnsinnig. Früher hätte ich mir nie ausgemalt, wie schwer eine Elternrolle sein kann.

Doch eins merke ich schon vor diesem Treffen: Wenn ich zur Arbeit gehe, andere Menschen treffe, lasse ich meine Maske zuhause. Ich brauche sie nicht mehr. Ganze Steine bröckeln aus meinem Gesicht. Es wird gezeichnet von Wärme und ein wenig Stolz. Unser Kind hat seinen Papa wieder. Und wie ein kleiner Junge um sein Spielzeug bangt, habe ich mir fest vorgenommen, dieses Kind nicht mehr alleine zulassen. Es sei denn, er wolle seinen Vater nicht mehr. Doch diese Stimme von ihm erinnert mich an eines seiner vielen Fragen, wann ich eigentlich wieder zu ihm komme. Mittlerweile kann ich diese Frage beantworten. Und bei unserem ersten Treffen werde ich diese Frage beantworten.

Genau zehn Tage vergingen seit dieser Verhandlung, bis ich das erste Mal mit dieser Frau vom Kinderschutzbund telefonierte. Freundlich wirkt sie und die Stimme verrät, dass sie Kinderseelen in sich trägt. Ich habe sie mir zum Freund gemacht. Von Anfang an habe ich sie einfach als eine Hilfe gesehen. Weg von dieser Bedrohung, sie müsse mich beobachten. Aber ich gebe zu, es ist mir nicht leicht gefallen. Schließlich möchte mich die Mutter unseres Sohnes damit demütigen.

Bevor ich unseren Sohn jedoch treffen kann, möchte sie sich mit ihm treffen. Und mit mir. Getrennt voneinander. An dieser Stelle merkte ich schnell, dass es ihr nicht um das Beobachten ging. Sie möchte uns wieder so schmerzlos wie möglich zusammen bringen. Denn bis zu diesem Zeitpunkt habe ich mir darüber keine Gedanken gemacht. Das Wiedersehen mit einem Menschen bedeutet auch viel Schmerz, denn in diesem Moment öffnet sich noch einmal diese Welt des Kampfes, den wir geführt haben. Außerdem wusste nur unser Sohn, ob er die wahren Gründe unser Trennung kannte. Vielleicht fühlt er sich von mir im Stich gelassen, weil keiner ihm richtig erklärt hat, dass sein Vater mit Clownsgesichtern auf der Strasse war. Und mit der Funktion eines Politikers wusste er sicherlich auch nichts anzufangen. Selbst wenn man ihm meine Bemühungen erklärt hätte. Würde es in seine Gedankenwelt passen ?

Ich habe das Gefühl entwickelt, dass sich die Frau mit genau diesen Fragen auseinander setzt. Kleine und große Steine, die beim Zusammentreffen auf gemeinsamen Weg berücksichtigt werden müssen.

Am Tag des Treffens mit dieser Frau habe ich mich an diese Indianer im Traum geklammert. Sie haben mir Ruhe zukommen lassen.

Eine kleine, kräftige Frau sitzt mir schließlich Tage nach diesem Telefonat gegenüber. Sie erzählt mir genau von diesen Gedanken, die ich vorhin geschildert habe und bittet mich, nicht allzu große Erwartungen an das erste Treffen zu stellen. Viele Kinder würden das andere Elternteil erst einmal abstoßen.

Davor hatte ich große Angst. Aber er hätte ein Recht dazu. Denn ich glaube, man kann von ihm nicht erwarten, dass er das alles versteht. Wir Erwachsenen verstehen uns doch selbst oft genug nicht.

Diese Angst habe ich mit nach Hause genommen. Sie hat mich begleitet, selbst bis in die Kirche mit ihren ironischen Fenstern. Nach wie vor suche ich sie täglich auf, um den Klängen der Orgel zu lauschen. Ein Kerzenlicht erfüllt mit Gedanken von Hoffnung habe ich angezündet. Doch diese weise aussehende Frau auf der Bank habe ich nie wieder gesehen. Welches Schicksal sie wohl an diesen Ort geführt hat ?

In den letzten Tagen war ich oft in dieser Kirche. Diese Frau vom Kinderschutzbund trifft nun auf unseren Sohn. Mit diesen Kerzenlichtern möchte ich ihm ein Zeichen setzen, dass er mir vertrauen kann, und diese Trennung von mir nicht gewollt war. Diese Kerzenlichter haben mir irgendwie das Gefühl gegeben, ihm ganz nah zu sein. Früher sind wir beide oft hier gewesen. Er fragte mich dann immer nach diesen Figuren, wo an den Wänden hingen. Und jedes mal, wenn wir zusammen die Kirche betraten, hat er seine Finger vor den Mund gehalten.
Hier ist ein Ort, wo man leise sein muss. Vielleicht bin ich deshalb so gerne hier. Keine streitenden Menschen, kein Lärm, keine Hektik. Nur diese Kerzen, wo im Klang der Orgel tanzen. Fast wie eine Kinderseele...
Viele Kerzen habe ich noch entzündet, bis zu dem Tag, wo nun endlich das Treffen mit unserem Sohn stattfindet.
Ich erinnere mich noch genau, damals, wo ich meine leibliche Mutter im Heim für Erwachsene besucht habe.
Diese kleine, alkoholkranke Frau, die mir eine heile Welt versprechen wollte.
Dabei verstand sie ihre eigene Welt nicht. Geflüchtet ist sie in eine andere. Eine kranke Welt.
Dieses Treffen, das ist unsere Chance. Unseren Sohn wieder in die Welt zurückzuholen, wo er beide Elternteile sehen kann, auch wenn sie sich nicht mehr verstehen.

Diesen Tag werde ich nie vergessen. Zusammen mit meinem Freund bin ich in die Stadt gefahren. Dort soll es ein Gebäude geben, wo kleine Menschen ihre Eltern wieder treffen.
Begleitet in diese Stadt wurde ich von der Angst, unser Sohn würde mich abweisen. Es wäre sein gutes Recht.
Auf einem riesigem Parkplatz kommt unser Auto zum Stehen.
Meine Blicke huschen von Auto zu Auto.
Ob er schon da ist ?

Das Gebäude für unser Treffen erinnert mich an eine kunterbunte Villa.

Die Fenster sind mit Fingerfarben bemalt. Blumen, Wolken, eine lachende Sonne. Unter dieser Sonne ein Schäfer, wo seine Schafe zusammen mit einem schwarzen Jagdhund beschützt. Welch Geduld er hat. Er wird sie brauchen so wie wir sie gebraucht haben, um zu erkennen, dass wir eine Verantwortung gegenüber einer Kinderseele haben.

Die Treppen des Gebäudes führen kreiselartig nach oben. Genau, diese Kreisel mit ihren bunten Streifen. Haben sie nicht genug Kraft, brechen sie zusammen. Doch man spürt die Kraft dieser Treppe. Hier sind schon viele Kinder hoch gelaufen, um ihre Eltern zu treffen.

Das Wartezimmer war behängt mit Kinderbildern. Von Hand gemalt. Und unter jedem Bild stand der Name des Kindes, wo hier schon gemalt haben. Der Name unseres Sohnes war nirgends zu entdecken. Denn erst jetzt hänge ich neben dieser vielen Bilder eines dieser Plakate mit dem Clownsgesicht. Das Zimmer lacht. Gefühle von Freude, Trauer alles durcheinander toben in mir. Erschöpfung, erstaunlich, was ein Mensch alles mit sich tragen kann.

Mut macht mir das Lachen des Clowns. Er lässt sich nicht einmal von dem Klingeln stören.

Das muss er sein.

Dieser kleine Junge, wo immer wieder verzweifelt nach mir gefragt hat.

Stimmen im Treppenhaus. Ja, da war sie wieder. Diese Stimme von dem kleinen Menschen, wo in Sandkästen Burgen mit mir gebaut hat. Immer lauter wird diese Stimme. Kraft genug hat dieser kleine Mann noch, wo plötzlich mit seinen Händen die Tür zum Wartezimmer aufdrückt...... .

Unsere Blicke treffen sich, weinerlich fängt er an zu lachen.

Ich glaube, er ist ein guter Clown. Er kann lachen und weinen gleichzeitig. Er verdrängt meine Angst, mich zurückzuweisen mit einer unbeschreiblichen Reaktion. Und bevor sich meine Gedanken ordnen können, fällt er mir um den Hals.

„Ich kenne Dich! Du bist mein Papa!".

Ich kann nicht beschreiben, was man in diesem Moment fühlt. Aber er hatte verstanden, dass ich um ihn gekämpft habe.

Jedenfalls ist dieser Schmerz da, wo sich gestaut hat nach so langer Trennung. Bilder erreichen meine Sinne, wie ich diese Clowns an den Fassaden befestigt habe. Wie die Clowns die Jugendämter geschmückt haben, unterstützt von den Kerzenlichtern auf den Treppenabsätzen.

Bilder, wie ich mit diesem Politiker diskutiere. Schließlich die Fahne für das Kinderland auf dem Fernsehgelände. Die etlichen Termine bei den Anwälten, meine Briefe an die Regierung. Die Seele erzählt in diesem Moment diese Geschichte noch einmal. Doch diesmal bin ich nicht alleine. Ich halte unseren Sohn in den Armen.

Ein wunderschönes Gefühl. Sein Atem ähnelt einem tiefen Seufzer. Eine Kinderseele ist erleichtert.

Die beschützende Frau zeigt große Freude über seine Reaktion. Eine Kinderseele hat verstanden.

Die Zeit läuft. Nur eine Stunde im Monat. Bei unserem ersten Treffen haben wir Memory gespielt. Ein Spiel mit vielen Bildern. Gott sei Dank sind es schöne Bilder. Fußbälle, Tiere, verschiedene Autos. Immer zwei gehören zusammen. Und alles schöne Bilder. Keine Bilder von Kämpfen oder Schmerz.

Wie selbstbewusst er da sitzt. Und mit jedem Mal rückt er immer näher zu mir, obwohl die passenden Bilder kaum so erreichbar sind. Nähe und Geborgenheit sind eben wichtiger wie bunte Bilder und das Gewinnen eines Spiel.

Wir beide haben auch so gewonnen. Nur war dies kein Spiel..... .

Die letzte halbe Stunde saß er mir auf dem Schoß.

Ein Wettlauf mit der Zeit beginnt. Dann drängt sich wieder die Ewigkeit zwischen uns.

Auf dem Weg in diese kunterbunte Villa für Kinder bin ich bei einem Juwelier vorbei gegangen. Dort habe ich eine Kette gekauft mit einem Schlüssel als Anhänger. Er glänzt wie die Aufschrift des Anwaltes. Ein Symbol. Der Schlüssel zu seinem Vater.

Wir haben ihn nach einer langen Reise von Kinderseelen gefunden.

Nun trägt er ihn um den Hals.

Die Stunde ist schnell vorbei und es fällt mir schwer, ihn von meinem Schoß zu heben. Beim Rausgehen habe ich seine Hand genommen und ihm gesagt, dass wir uns ganz sicher wieder sehen.

Irgendwie hatte ich Angst, er könne wieder diese Bilder von Trennung erfahren. Das tut Kinderseelen weh. Ich möchte ihm diesen Schmerz nehmen. Ich schaute bei meiner Zusicherung seiner Mutter tief in die Augen. Schwer ist mir dieser Blick gefallen. Ich vertraue ihr nicht. Nur gehofft habe ich, dass sie mich gut verstanden hat.

Auch wenn dieser Kampf viel Kraft gekostet hat, so hat er auch viel Kraft gegeben. Eine andere Kraft. Kraft, zu erkennen, dass es sich lohnt, um das Kinderland zu kämpfen.

In den nächsten Monaten habe ich diesen Kampf nicht losgelassen. Immer wieder droht die Mutter, das nächste Mal unseren Sohn nicht zur Kindervilla zu bringen. Reagiert habe ich nie.

Kurz vor Weihnachten durfte ich sogar mit unserem Sohn auf den Weihnachtsmarkt. Und diesmal sind mir nicht meine eigenen Fußabdrücke gefolgt. Diese Frau vom Kinderschutzbund hat uns begleitet. Kamen wir an einem Spielzeugstand vorbei, hat unser Sohn mir erzählt, was er sich vom Weihnachtsmann wünscht.

Jedes Jahr habe ich mir überlegt, was man seinem Kind zu Weihnachten schenken kann. Dieses Jahr weiß ich es- Geborgenheit.

Am Ende des Weihnachtsmarktes durfte ich ihm sogar ein Auto kaufen. Damals am Telefon wollte er mir immer sein neues Auto zeigen.

Treffen für Treffen haben wir immer mehr zu dieser Frau vom Kinderschutzbund Freundschaft geschlossen. Es war keine Beobachtung mehr. Es war eine Begleitung. Denn unser Sohn und ich haben einiges nachzuholen.

Doch diese Tage waren auch sehr schwer. Immer diese Angst, ob man uns noch einmal trennen kann. Diese Ewigkeit, wo sich nach dieser Spielstunde zwischen uns stellte.

Auch die Mutter stellte sich eines Tages wieder zwischen uns. Die Frau vom Kinderschutzbund möchte einen Schritt weiter gehen. Sie macht den Vorschlag, künftig bei dieser Spielstunde nicht mehr dabei zu sein. Unser Sohn und ich hätten ein Recht darauf, alleine zu spielen. Schließlich haben wir uns wieder voll und ganz aneinander gewöhnt. Doch seine Mutter möchte nicht. Sieht sie noch immer in mir eine Bedrohung? Wilde Wortgefechte finden statt nach dieser Spielstunde, bis zu dem Punkt, wo sie droht zu dieser Spielstunde nicht mehr zu erscheinen.

Eine Welt bricht in mir zusammen. Mein Blick fällt auf dieses Clownsgesicht an der Wand. Ob ich sie noch einmal zum Lachen bringen muss ?

Mit dieser Frage bin ich schließlich erneut zu meinem Anwalt. Er versucht mit einem Brief der Mutter die Situation deutlich zu machen. Es wäre besser, sie würde zustimmen. Doch ihre Anwältin schoss energisch zurück. Ja, sie unterstellte dieser Frau vom Kinderschutzbund und mir, wir hätten unseren Sohn manipuliert. Wir hätten ihm erzählt, er könne bald für immer beim Papa bleiben. Offensichtlich hat man noch immer nicht verstanden, dass man auf diese Weise Kinderseelen verletzt. Kinder brauchen Mutter und Vater. Wie eine Waage.

Nach einigen Tagen beantragte mein Anwalt die Wiederaufnahme des Verfahrens mit der klaren Forderung, das der Umgang ohne Betreuung stattfindet. Er fordert sogar die Spielstunden alle zwei Wochen auf einen ganzen Tag auszudehnen. Und in den Ferien fordert er die Möglichkeit, dass unser Sohn ganze Tage und Nächte bei seinem Vater ist.

Ich würde ihm die unterschiedlichen Sterne zeigen im Schein des Mondes. Eine Geschichte würde ich ihm erzählen von einem Zwerg, wo auf dem Mond schaukelt, während die Kinder dieser Welt in ihren Betten schlafen. Jetzt zur Winterzeit würde ich Schneemänner mit ihm bauen, die Eissterne an den Fensterscheiben der Häuser zählen.

Ob mir der Richter dass alles ermöglichen wird. Zum Wohle des Kindes... .

Doch bis zu diesem neuen Gerichtstermin vergehen wieder Monate.

Ja, Monate waren es, genau sechs. Und während dieser Zeit gab es keine Spielstunden. Die Mutter wollte es nicht mehr. Wieder fühlt sie sich verraten.

Ich bin froh, dass unser Kind dieses Symbol um den Hals trägt. Dieser Schlüssel zu seinem Vater.

Bei unserem letzten Treffen stand er noch vor mir, bewegte seine Finger in der Luft mit den Worten, dass er mich bestimmt noch ganz oft sehen würde.

Ich habe es ihm versprochen. Und zusammen mit meinem Anwalt und notfalls mit den Clowns auf den Strassen will ich mein Versprechen durchsetzen.

Kurz vor meinem Geburtstag bekomme ich dann diese Einladung zur Verhandlung.

Diesmal ist sogar die Frau vom Kinderschutzbund dabei.

Energisch weist sie den Vorwurf zurück, wir hätten diesen kleinen Jungen manipuliert.

Ich hörte schon nicht mehr richtig zu, denn es waren immer dieselben Vorwürfe. Und es war derselbe Richter.

Er las unsere Forderungen laut vor, erhob sich wie die Verhandlungen zuvor. Er gab der Mutter noch einmal die Gelegenheit, diesen Anträgen zu zustimmen, sonst müsse er eine Entscheidung treffen. Wieder ein Zeichen, sie solle doch zustimmen. Als sie ablehnte, wurde uns bekannt gegeben, dass das Gericht sich zur Beratung zurückzieht. Das Urteil wird uns mit der Post zugestellt.

Was wird jetzt geschehen? Vor allem, wann können wir uns endlich wieder zur Spielstunde treffen!? Mittlerweile haben wir uns wieder ein halbes Jahr nicht gesehen. Nur dieser Kettenanhänger um seinen Hals und die Kerzenlichter in der Kirche sind unsere Verbindung. Und wenn ich dann in eines dieser Bankreihen in der Kirche saß, habe ich mir vorgestellt, wie es sich angefühlt hat, wo unser Sohn auf meinem Schoß saß, obwohl er so nur schwer an die Spielkarten kam.

Sein Blick ,der die Sehnsucht verriet, mich häufiger zu sehen. Gebettet in Hoffnung, dieser Richter würde die Sehnsüchte dieses Kindes erkennen, saß ich stundenlang in der Kirche.

Nach Wochen die Erlösung.

Mit zittrigen Händen reiße ich den Umschlag vom Gericht auf. In großer Druckschrift erkennt man das Wort „ Urteil".

Darunter der Name der Mutter, mein Name, aufgeführt als Parteien gegeneinander.

Noch immer dieser Krieg ?

Ruhe sollte doch einkehren, zum Wohle des Kindes.

Seitenlang erstreckt sich das Urteil über die weißen Blätter. Über jeder Seite war die Macht des Gerichtes zu lesen.

Ein Wappen steht schützend über jeder Seite. Ein Schlüssel würde hier auch gut hineinpassen. Ein Symbol, dass ich unser Versprechen halten kann.

All meine Forderungen werden unserem Sohn und mir zugestimmt.

Das Wort Forderung stört mich ein bisschen.

Besser sollte man es als Rechte bezeichnen. Rechte , die alle Kinder dieser Welt haben. Rechte , die nichts mit den Kriegen von uns Großen zu tun haben.

Einen regelrechter Tanz vollzieht sich in meiner Seele.

Der Tanz von Kinderseelen. Und überall, wo man hinschaut, diese Clownsgesichter. Ihr Lachen hat Bewegung in diese Geschichte gebracht.

Mit diesem Urteil in der Hand renne ich die Treppen im Hausgang herunter. Nein, ich stolpere sie herunter, kann mich gerade noch am Geländer halten. Die Sonne folgt mir durch die Stadt. Ich muss zu meinen Freunden. Ihnen diesen Schlüssel zeigen. Ob ich unserem Sohn bescheid sagen soll ?

An diesem Tag bin ich erst in der Dunkelheit nach Hause gekommen. Die Zeit habe ich gebraucht, um mich auszutanzen. Denn dieses Urteil hat mir wahnsinnig Kraft gegeben.

Erleichterung, die beflügelt. Man sagt doch, Kinder sind die Flügel der Menschen. Wir brauchen diese Flügel, denn ohne Kindheit können wir Erwachsenen nicht existieren.

Wenn Kinderseelen reisen, geben sie uns Erwachsenen unsere Flügel zurück.

Ich will ehrlich zu Ihnen sein; Die nächste Zeit kommt mir vor wie ein Traum.

Der erste Kindertag mit unserem Sohn haben wir auf einer Blumenwiese verbracht.

Genau, diese Bienen, wo Kinderlieder summen. Diese Schmetterlinge, wo an einen Tanz erinnern.

Zuhause haben wir Mandalas gemalt. Bilder, wo die Kinderseele sprechen lassen. Während des Malens erzählt unser Sohn mir immer von seiner Kinderwelt. Ich habe dann einen Kalender für das nächste Jahr gekauft. Auf jedem Blatt ein anderes Mandala. Ein Kalender voller Kinderseelen. In den buntesten Farben.

Und auf jedem Blatt kann man genau erkennen, wann wieder Kindertag ist. Ein Schlüssel erinnert immer an diesen Tag.

Und wissen Sie, was mir an dieser Kinderseele aufgefallen ist? Unser Sohn spricht immer davon, dass er glaubt, es ist noch lange hin, bis dieser Kindertag zuende gehe. Für mich immer ein Stich. Denn ich hätte gerne mehr für ihn getan. Und im gleichen Atemzug erzählt er, dass er aber in zwei Wochen wiederkomme. Als wolle er mich trösten. Was Kinderseelen alles verstehen. Wenn wir Erwachsenen alles immer so verstehen würden.... . Mittlerweile sitzen wir im Sommer wieder zusammen in den Sandkästen, bauen Burgen, klettern auf Bäume, spielen Fußball. Anfangs wollte die Mutter nicht. Und gelegentlich kam es vor, dass sie Termine verweigerte. Dann trafen wir uns wieder mit diesem Richter. Er setzte sie mit Zwangsgeld unter Druck, wenn sie diese Kindertage verweigerte.

Doch selbst ihre Beschwerde beim Oberlandesgericht verhinderte diese Tage nicht mehr.

Dieser kleine Politiker hat uns Großen und Kleinen verstanden. Und mittlerweile hat auch die Mutter unseres Sohnes verstanden. Verstanden, dass es um unsere Kinder geht, die unsere Flügel sind.

Liebe Leser, ich weiß nicht, ob Sie schon einmal auf der Reise
von Kinderseelen waren.
Wenn ja, wissen Sie, was es bedeutet, Verluste zu erleben, seine
eigenen Flügel zu verlieren.

Wenn Sie diese Geschichte zum ersten Mal hören, eine Bitte:
Nehmen Sie Ihre Kinder an die Hand. Lassen sie sich das
Kinderland von ihnen zeigen, damit Sie verstehen lernen, dass wir
Großen nicht das Recht haben, Kinderseelen zu verletzen.
Unsere Aufgabe als Eltern sollte es sein, Kinderseelen zu
beschützen, ihnen die Welt der Macht zu zeigen, damit sie eine
Chance auf dieser nicht immer gerechten Welt haben.
Laufen Sie nicht weg und wenn Sie das Kinderland alleine nicht
finden, nehmen Sie ein paar Clownsgesichter, die Fahne fürs
Kinderland und stellen sich Ihrer Verantwortung.
Summen Sie Kinderlieder, entzünden Kerzen, und vor allem,
hören Sie Ihren Kindern zu.
Denn wenn Sie genau zuhören, werden sie das Kinderland
finden.......

An dieser Stelle danke ich unserem Sohn für seine Geduld und die Kraft, bis wir Erwachsenen erwachsen geworden sind.
Ich danke meinem Freund, wo immer an meiner Seite war, und diese Reise mit mir gemacht hat.
Besonderen Dank widme ich meinem Rechtsanwalt, wo mir das Gefühl gegeben hat, ein Vater zu sein.
Nicht zu vergessen ist diese liebe Frau vom Kinderschutz, die mit einer enormen Geduld uns wieder zusammen gebracht hat.

Danke !